KB104780

노벨라이즈

~탄지로와 네즈코, 운명의 시작 편~

고토게 코요하루 · 원작 / 그림
마츠다 슈카 · 글

학산문화사

마코모

탄지로의 단련에 협력하는 신비한 소녀.

사비토

탄지로의 단련에 협력하는 신비한 소년.

토미오카 기유

귀살대 대원으로 탄지로를 귀살대로 인도한다.

유시로

타마요를 흠모하는 청년. 타마요에게 접근하는 자를 적대시한다.

타마요

키부츠지의 목숨을 노리는 수수께끼의 여성.

우로코다키 사콘지

귀살대 검객 '육성자'이자 탄지로의 사부.

키부츠지 무잔

탄지로의 가족을 죽이고 네즈코를 도깨비로 바꿔 놓은 자. 부하 도깨비들을 거느린다.

하시바라 이노스케

귀살대 대원. 멧돼지 가죽을 뒤집어쓰고 다니고, 매우 호전적.

아가츠마 젠이츠

귀살대 대원. 평소엔 겁이 많지만 사실은…?

등장인물소개

카마도 탄지로

누이동생을 구하고 가족의 복수를 목표로 삼은 마음씨 착한 소년. 도깨비나 상대방의 급소 등을 '냄새'로 알아낼 수 있다.

카마도 네즈코

탄지로의 누이동생. 도깨비에게 공격당해 도깨비가 되지만 다른 도깨비들과 달리 인간인 탄지로를 보호하듯이 움직인다.

목차

제 1 화	잔혹 ················· 7
제 2 화	반드시 돌아오겠다, 동 트기 전까진 ··· 39
제 3 화	탄지로 일기 ·········· 65
제 4 화	망령 ················· 87
제 5 화	사람을 납치하는 늪 ··· 113
제 6 화	네가 ················· 141
제 7 화	테마리 놀이 ·········· 161
제 8 화	아가츠마 젠이츠 ······ 185
제 9 화	장구 저택 ·········· 207
제 10 화	자신을 고무시켜라 ··· 227
제 11 화	하시비라 이노스케 ··· 253

어쩌다 이렇게 된 거지?

탄지로는 축 늘어진 누이동생을 등에 업고
필사적으로 설산을 내려갔다.
"네즈코. 죽지 마. 죽으면 안 돼."
어제까지는 그토록 행복했는데.
그토록 평화로웠는데.
짚신에 눈이 스며서 발가락이 떨어져 나갈 듯이 아프다.
그래도 탄지로는 달리고 또 달렸다.
"반드시 구해 줄 테니까, 절대 죽게 내버려 두지 않아."
죽게 놔둘까 보냐.
"오빠가 반드시 구해 줄게!"

탄지로의 외침이 내리 퍼붓는 눈에 스며들어 사라져 갔다.

눈이 수북이 쌓인 깊은 산속의 외딴집 한 채. 마당에 놓인 것은 숯을 굽는 가마였다.

그 가마 옆에서 한 소년이 다 구워진 숯을 대나무 바구니로 옮겨 담았다. 왼쪽 이마에는 화상 자국이 있었다.

"탄지로."

집 앞에서 어머니로 보이는 여성이 그를 불렀다.

"얼굴이 새카맣구나. 이리 온."

바구니를 짊어진 소년 탄지로는 고분고분 어머니에게 다가 갔다. 어머니는 들고 있던 수건으로 얼굴을 닦아 줬다. 어머니의 손이 움직일 때마다 탄지로의 귀에서 아버지의 유품인 일 륜 귀고리가 흔들렸다.

"눈 오고 위험하니까 굳이 안 가도 돼."

걱정스러워하는 어머니에게 탄지로는 웃으며 고개를 가로 저었다.

"설에는 우리 식구 배불리 먹게 해 줘야 되니까, 숯을 조금 이라도 팔고 올게."

탄지로의 집안은 이 산에서 대대로 숯구이 일을 하며 살아 왔다. 구워진 숯을 산기슭 마을에 가서 팔고 그 돈으로 음식과 옷을 산다.

아버지가 세상을 떠난 지금은 첫째 아들인 탄지로가 이 카 마도 가의 대들보였다. 사무라이의 시대가 저물고 메이지, 다 이쇼로 연호가 바뀌었어도 산에서의 삶은 크게 달라진 게 없 었다. 남자 나이 13살이면 어엿한 일꾼이다.

"형아, 오늘도 마을 내려가?"

"나도 갈래!"

두 사람의 대화를 듣고 동생 셋이 집 뒤편에서 쪼르르 달려 왔다. 나이가 많은 순으로 차남 타케오, 차녀 하나코, 그리고 삼남 시게루였다.

같이 가고 싶다고 떼를 쓰는 하나코와 시게루를 어머니가 타일렀다.

탄지로는 그 모습을 흐뭇하게 바라보면서 두 사람의 뒤에서 불만스러운 표정을 짓고 있는 타케오에게 말을 걸었다.

"타케오, 가능한 만큼 나무 좀 베어 놔."

"그거야 당연히 하겠지만, 같이 할 줄 알았는데."

"아~ 형아는 탄지로 형아가 없으면 나무도 못 베는구나?"

"뭐라고?"

모두가 웃음을 터트렸다.

"빨리 돌아와."

"조심해야 해."

처마 밑에 나란히 서서 손을 흔드는 가족을 향해 자신도 손을 흔들면서 탄지로는 걸음을 내디뎠지만, 몇 걸음 가지 않은 곳에서 이번에는 한 살 아래 누이동생과 딱 마주쳤다.

"오빠."

"네즈코."

장녀인 네즈코는 등에 막내 로쿠타를 업고 있었다.

"로쿠타를 재우고 있었어. 소란을 피워 대서."

탄지로는 네즈코의 외투 밖으로 빼꼼 보이는 로쿠타의 머리를 살며시 쓰다듬었다. 새근새근 잘 자고 있었다.

"아버지가 돌아가셔서 외로운가 봐. 다들 오빠만 졸졸 따라다니는 걸 보면."

네즈코는 웃었다.

"잘 다녀와."

미소 짓는 네즈코에게도 손을 흔든 다음, 탄지로는 다시 산길을 내려갔다.

'생활은 편치 않지만 행복하다.'

짚신으로 눈을 꾹 밟으면서 탄지로는 생각했다. 또다시 눈발이 흩날리기 시작했다.

인자한 어머니. 귀여운 남동생과 누이동생들. 숯구이 일도 좋았다.

'그래도 인생엔 날씨가 있으니까, 옮겨 가듯 움직이는 법이야…'

줄곧 맑은 날이 계속되지도, 계속 눈이 오는 것도 아니다.

'그리고 행복이 부서질 땐 항상… 피 냄새가 난다.'

어째서 문득 그런 생각이 들었는지 탄지로는 이해가 가지 않았다.

그러나 어쩌면 그것은 예감이었을지도 모른다.

"어머나, 탄지로. 이런 날에 산에서 내려온 거니? 열심히도 일하는구나."

산기슭에 위치한 마을에서 탄지로는 나름 인기인이었다.

"얘야, 숯 좀 사자."

"나도 숯 좀 다오."

"저번에 장지문 갈아 줘서 고마워."

그의 모습이 보이자 이 집, 저 집에서 사람들이 얼굴을 내밀었다.

탄지로가 언제나 성실하게 일하고 어린 나이에 집안을 떠안고 있는 것을 마을 사람들은 모두 알았다. 게다가 그에게는 또 하나, 은밀한 특기가 있었다.

"앗~ 탄지로! 마침 잘 왔어~!"

느닷없이 근처 가게에서 뛰쳐나온 소년이 탄지로 앞으로 헐레벌떡 달려들었다. 뒤쪽에서 그의 어머니인 가게 안주인이 주먹을 꽉 쥔 채 그를 쫓아왔다.

"나 지금 그릇 깬 범인으로 몰렸어~! 좀 도와줘."

소년은 탄지로에게 냄새를 좀 맡아 달라며 들고 있던 보자기 꾸러미를 내밀었다.

보자기를 풀자 안에는 산산조각이 난 비싸 보이는 장식용 접시가 있었다.

탄지로는 그 접시에 코를 갖다 대고 냄새를 킁킁 맡았다.

"…고양이 냄새가 나는데?"

고개를 들면서 그렇게 말하자 안주인은 "어머." 하고 표정을 누그러뜨렸다.

"거봐!! 난 아니라고 했잖아!!"

안주인은 멋쩍어하며 주먹을 집어넣었고, 소년은 탄지로에게 몇 번이나 고맙다고 인사했다.

그렇다. 탄지로는 후각이 엄청나게 좋았다. 보통 사람은 눈치채지 못할 미세한 냄새도 탄지로는 맡아서 구별할 수 있었다.

그 때문에 걸핏하면 이런 식으로 범인이나 잃어버린 물건을 찾아 달라는 부탁을 받지만, 탄지로는 싫은 내색 하나 없이 문제들을 해결했다.

'많이 늦었네….'

최소한 날이 밝을 때 집으로 돌아갈 계획이었건만, 마을 이
곳저곳을 돌아다니면서 숯을 팔고, 마을 사람들의 부탁을 웃
는 얼굴로 들어주다 보니 주변은 벌써 어둑어둑해졌다.

　서둘러 산에 들어간 탄지로는 종종걸음으로 발길을 재촉했
다.

　"얘야, 탄지로! 너 산으로 돌아가려고?"

　갑자기 자신을 부르는 소리에 탄지로는 뒤를 돌아봤다.

　산길 옆의 오두막에서 양산 장인인 사부로 영감님이 몸을
쭉 내밀고 있었다.

　"위험하니까 관둬라."

　"전 코가 밝아서 괜찮아요."

　멧돼지나 곰을 만날까 걱정하시는 것이라 여기고 그렇게 대
답했다. 그러나 사부로는 화난 기색으로 손짓까지 하면서 연
신 말렸다.

　"우리 집에서 재워 주마. 이리 와. 썩 돌아와."

　"하지만…."

　"잔말 말고 이리 오라니까!!"

　사부로는 꾸중하듯이 언성을 높였다. 그리고 정색을 하며
덧붙였다.

"도깨비가 나올 거다."

너무나도 진지한 그 모습에 탄지로는 하는 수 없이 오두막에 들어갔다.

도깨비 이야기를 믿은 건 아니었지만, 이런 산속 오두막집에서 홀로 지내는 사부로 영감님이 조금 측은했기 때문이다.

사부로는 자신이 먹으려고 차렸을 식사를 거의 전부 탄지로에게 양보했다.

"옛날부터 식인 도깨비는 날이 저물면 어슬렁거리기 시작했어. 그래서 밤에는 돌아다니는 거 아냐. 그거 먹고 나서 푹 자렴. 내일 아침 일찍 일어나 돌아가면 되니까."

이불을 덮고 누운 탄지로에게 사부로는 계속해서 도깨비 얘기를 했다.

"…도깨비는 집 안엔 안 들어오나요?"

몸이 따뜻해지자 졸음이 솔솔 밀려왔다. 꾸벅꾸벅 졸면서 탄지로는 질문을 던졌다.

"아니. 들어와."

사부로는 뒤돌아 앉은 채 담뱃대로 담배를 피우고 있었다.

"그럼… 다들 도깨비한테… 잡아먹히겠네."

"도깨비 사냥꾼님이 도깨비를 베어 주셔. 옛날부터…."

눈꺼풀이 무거웠다. 더는 깨어 있기 힘들었다. 사부로의 말도 이제는 꿈인지 현실인지 구분이 가지 않았다.

'사부로 영감님, 가족을 잃고 혼자 사시느라 외로운가 보네…. 다음번엔 남동생들도 데려와야지…. 굳이 무서워하지 않아도 도깨비 따윈 없어…. 괜찮아.'

잠에 빠져들면서 탄지로는 사부로의 처지를 동정했다.

'근데… 그리고 보니 우리 할머니도 돌아가시기 전에 똑같은 소릴 하셨지…?'

탄지로가 어릴 때 돌아가셨던 할머니의 얼굴이 문득 머릿속에 떠올랐다.

다음 날 아침. 탄지로는 사부로의 집을 뒤로 하고 귀가를 서둘렀다.

'왜 이러지…? 괜히 마음이 불안해.'

어제 자신이 마음속으로 중얼거린 말이 갑자기 생생하게 되살아났다.

행복이 부서질 땐 언제나 피 냄새가 난다.

피 냄새가.

그것은 꽤 멀리서부터 탄지로의 예리한 코끝을 찔렀다.

피 냄새. 진하고 진한 피 냄새.

'설마, 설마.'

틀림없다. 이 냄새는 탄지로의 집 방향에서 풍겨 왔다.

후들거리는 다리로 겨울의 산길을 뛰어올라 마침내 집이 보였을 때, 탄지로는 그 자리에 얼어붙었다.

집 앞에, 누군가 쓰러져 있었다.

피로 젖은 긴 머리카락. 저 기모노 무늬는….

"네즈코!"

틀림없었다. 네즈코였다. 로쿠타를 보호하듯이 품 안에 꼭 안고서. 하얀 눈이 새빨갛게 물들어 있었다.

"왜 그래? 어, 어떻게 된 거야?!"

허둥지둥 달려가서 네즈코를 안아 일으켰다. 축 늘어진 채 대답이 없었다.

"무슨 일이 있었던 거…."

탄지로는 집 안으로 시선을 옮겼다가 할 말을 잃었다.

엉망진창으로 부서진 장지문 안쪽은 피바다였다.

"엄마… 하나코… 타케오… 시게루…."

겹겹이 포개지듯 쓰러져 있는 어머니와 어린 동생들. 전신이 비정상적으로 뒤틀려 있었다.

모두들 숨이 끊어진 뒤였다. 몸은 완전히 딱딱해졌고, 얼음장처럼 차가웠다.

"…네즈코!"

네즈코만 아직 몸에 온기가 남아 있었다.

'살아 있어!'

의원에게 보여 주면 살아날지도 모른다. 탄지로는 네즈코를 들쳐 업고 다시 정신없이 눈길을 달려 나갔다.

'어쩌다 이렇게 된 거지?'

곰인가? 동면하지 못한 곰이 나타난 건가?

눈물이 쏟아질 것만 같았다. 그러나 울고 있을 여유 따윈 없었다.

숨이 찼다. 얼어붙은 공기 때문에 폐가 아팠다. 또다시 눈이 내리기 시작했다.

두 사람분의 체중을 떠받치는 다리는 무거웠고, 점점 쌓여 가는 눈이 짚신에 들러붙었다.

'앞으로 나아가야 해! 발을 좀 더 빨리 움직여! 마을까진 아직 거리가 한참 남았어! 서둘러!'

탄지로는 필사적으로 자신을 북돋았다.

'절대 죽게 놔두지 않아…. 꼭 구할 거야. 오빠가 구해 줄게.'

그때, 네즈코의 몸이 크게 움찔 하고 움직였다.

"?!"

힘없이 늘어져 있던 목이 튀어 오르듯 뒤쪽으로 홱 젖혀지더니 그 목구멍에서는 무서운 짐승 같은 포효가 터져 나왔다.

갑작스러운 움직임에 놀라서 휘청거린 탄지로는 발이 미끄러졌다. 운 나쁘게도 옆은 절벽이었다. 두 사람은 그대로 절벽 아래를 향해 곤두박질쳤다.

'아뿔싸…!'

그러나 다행히도 절벽 아래에 새로 내린 눈이 두껍게 쌓여 있어서, 탄지로는 거기에 푹 파묻히기만 했을 뿐 크게 다치진 않았다. 헐레벌떡 일어나 주변을 둘러봤다.

"네즈코!"

조금 떨어진 곳에 네즈코가 서 있었다. 정신이 든 것이다.

"네즈코, 괜찮아?"

탄지로는 서둘러 누이동생에게 달려갔다.

"안 걸어도 돼!! 내가 마을까지 업어다 줄 테니까!"

어깨에 손을 대고 얼굴을 들여다보려고 하다가 탄지로는 숨을 삼켰다.

"네즈코…."

그것은… 사람의 얼굴이 아니었다.

얼굴 전체에 불거져 나온 굵직한 혈관. 이를 악물자 날카로운 송곳니가 보였다. 마치 고양이처럼 세로로 가늘어진 동공!

이것은 도깨비다.

도깨비로 변한 네즈코는 느닷없이 탄지로에게 달려들었다. 재빨리 허리춤에 꽂아 놨던 장작패기용 도끼를 뽑아서 막아냈다. 네즈코의 송곳니가 도낏자루에 콱 박혔고, 그대로 무시무시한 힘으로 밀어붙이는 통에 탄지로는 그 자리에 나자빠지고 말았다.

'도깨비가 나올 거다.'

필사적으로 네즈코를 밀어내면서 탄지로는 사부로 영감님이 한 말을 떠올렸다.

'옛날부터 식인 도깨비는 날이 저물면 어슬렁거리기 시작했어. 집 안에도 들어와.'

네즈코가 식인 도깨비?

'아냐, 그렇지 않아. 네즈코는 인간이야. 태어났을 때부터.'

함께 자란 동생이다. 그럴 리가 만무했다.

'하지만 냄새가 평소의 네즈코와 달라졌어.'

하지만 모두를 죽인 건 네즈코가 한 짓이 아니다. 네즈코는 로쿠타를 감싸듯이 쓰러져 있었고, 입이나 손에도 피가 묻어 있지 않았다.

'그리고 한 가지 더, 또 다른 냄새가.'

그 집 안에서도, 그리고 지금 네즈코의 몸에서도 맡아 본 적 없는 또 하나의 냄새가 분명하게 느껴졌다.

"!"

네즈코가 몸을 부르르 떨었다. 그러자 덩치가 차츰 거대해 졌다.

가냘팠던 소녀가 순식간에 어른 체격만큼 커져서 탄지로를 어마어마한 힘으로 짓눌렀다.

'내가 남의 집에서 속 편하게 자고 있는 동안, 우리 식구들은 그런 참혹한 일을.'

혼신의 힘으로 네즈코를 밀어내면서 탄지로는 이를 꽉 물었다.

'얼마나 아팠을까. 얼마나 고통스러웠을까. 구해 주지 못해서 미안해.'

생글생글 웃으며 손을 흔들던 동생들과 어머니의 얼굴이 차

레로 머릿속에 떠올랐다.

'최소한 네즈코만은 어떻게든 해 주고 싶다. 하지만.'

엄청난 힘이야. 밀쳐 낼 수가 없어. 더는 무리다.

"네즈코!"

탄지로는 누이동생을 향해 외쳤다.

"힘내, 네즈코! 버텨, 제발 힘을 내!"

아직 누이동생의 마음이 남아 있을 거라 믿으면서.

"도깨비 따윈 되지 마! 정신 바짝 차려! 힘내! 힘내라고!!"

그때, 네즈코의 손아귀 힘이 순간적으로 느슨해졌다.

"!"

뚝뚝 하고 탄지로의 얼굴에 따뜻한 물방울이 떨어졌다.

네즈코가 울고 있었다.

아직 도낏자루를 꽉 문 채 탄지로를 짓누르고 있기는 하지만, 그 커다란 눈에 한가득 담긴 눈물이 하염없이 흘러내렸다.

역시 네즈코는 아직 도깨비가 아니다. 완전히 도깨비가 된 게 아니었다.

탄지로의 눈에도 눈물이 차올랐다.

"네즈코….."

그때.

네즈코가 어깨너머를 돌아봤다. 그 시선의 끝에 누군가의 그림자가 보였다.

"!"

그 그림자는 눈 위를 날듯이 달려와서는 칼날을 뽑아 네즈코를 향해 휘둘렀다.

탄지로는 순간적으로 네즈코를 감싸 안고 그 공격을 피했다. 그대로 둘이서 눈밭 위에 나동그라졌다.

남자가 내리친 칼날은 하나로 묶은 탄지로의 머리카락 다발을 동강 잘라 내는 정도에 그쳤다.

그 젊은 남자는 눈투성이가 되어서 겨우 몸을 일으킨 탄지로를 냉랭한 눈빛으로 내려다봤다.

'뭐지…? 누구야…?'

나이는 스무 살쯤 되었을까. 뻣뻣해 보이는 검은 머리카락. 군복과 비슷한 검은색 깃달이 양장 위로 무늬가 반반 다른 두루마기를 입고 있었다.

'칼….'

도신이 푸른빛을 띠는 특이한 칼이었다. 날밑 가까이에 〈惡鬼滅殺(악귀멸살)〉이라는 문구가 새겨져 있는 것이 보였다.

"왜 감싸는 것이냐?"

남자는 차갑게 말했다. 탄지로는 퍼뜩 정신이 들어서 네즈코를 세게 껴안았다. 어느새 원래의 체격으로 돌아와 있었다.

"누이동생이야! 내 누이동생이라고!"

그러나 네즈코는 크아앙! 하고 짐승 같은 소리를 내면서 탄지로의 품에서 벗어나려고 버둥거리기 시작했다.

"**그게** 누이동생이냐?"

그 말을 마치자마자 남자가 도약했다. 탄지로는 네즈코를 감싸듯 땅바닥에 엎드렸다. 그러나 이미 그곳에 누이동생은 없었다.

"네즈코!!"

어느 틈에 빼앗긴 걸까. 저 멀리서 남자가 네즈코의 양 손목을 꽉 잡아 구속하고 있었다. 네즈코는 아우성을 치면서 몸을 비틀었지만, 남자의 팔은 꿈쩍도 하지 않았다.

"움직이지 마."

누이동생을 구하려고 일어난 탄지로에게 남자는 말했다. 탄지로는 그 위압감에 오금이 저려서 움직일 수 없어졌다.

"내 일은 도깨비를 베는 것이다. 물론 네 누이동생의 목도 칠 거야."

'도깨비 사냥꾼님이 도깨비를 베어 주셔. 옛날부터.'

사부로 영감님의 말이 머릿속에 선명하게 떠올랐다.

'이 사람이 도깨비 사냥꾼님….'

"잠깐만 기다려! 네즈코는 아무도 안 죽였어!!"

탄지로는 필사적으로 호소했다.

"우리 집엔 한 가지 더, 맡아 본 적 없는 누군가의 냄새가 났어! 우리 식구들을 죽인 건… 아마 그놈일 거야!"

죽였다는 말을 입 밖으로 내뱉기가 힘들었다. 살해당한 가족들의 얼굴이 아른거려서 괴로웠다.

"네즈코는 아니야! 지금 어쩌다가 **그렇게 된 건지는** 모르겠지만. 그래도!"

"간단한 이치야."

남자는 탄지로의 말을 가로막았다.

"상처 부위에 도깨비의 피가 묻어 도깨비가 된 거지. 식인 도깨비는 그런 식으로 늘어나거든."

"우리 네즈코는 사람을 잡아먹지 않아!"

"잘도 그런 소리가 나오는구나. 방금 전에 본인이 잡아먹힐 뻔했으면서."

어이없다는 말투로 말하는 남자였지만, 그래도 탄지로는 물고 늘어졌다.

"아니야!! 날 분명히 알아봤어!!"

네즈코는 지금도 남자의 손을 뿌리치려고 무서운 신음 소리를 내면서 날뛰고 있었다. 그러나 남자의 손가락은 네즈코의 팔에 단단히 죄어든 채였다.

"내가 아무도 건드리지 않게 막을게! 네즈코를 반드시 인간으로 돌려놓을게! 기필코 고쳐 놓을 테니까!"

"고쳐지지 않아. 도깨비가 되면 영영 인간으로 돌아올 일은 없어."

"찾을 거야!! 반드시 방법을 찾아낼 테니 죽이지 말아 줘!!"

탄지로가 아무리 외쳐도 남자는 안색 하나 바꾸지 않았다.

대체 어떡하면 이 남자를 설득할 수 있을지, 가망이 보이지 않았다. 그래도 탄지로는 외치고 또 외치는 수밖에 없었다.

"내 가족을 죽인 놈도 찾아낼 테니까! 내가 전부 제대로 할 테니까! 그러니까! 그러니까…."

남자는 말없이 칼을 들었다. 이 이상 네 말을 들을 이유 따위 없다는 것처럼 칼끝을 네즈코에게 겨눴다.

"그러지 말아 줘!!"

'더 이상 나한테서 뭘 빼앗아 가는 짓은…!!'

탄지로는 끝내 그 자리에 무릎을 꿇었다. 눈밭에 이마를 바짝 붙이고 남자에게 애원했다.

"하지 말아 주세요…. 제발 누이동생을 죽이지 말아 주세요…. 제발 부탁입니다…. 제발요…."

다 갈라진 목소리로 반복하는 탄지로에게 남자는 돌연 호통을 쳤다.

"생사 여탈권을 타인 손에 쥐여 주지 마!!"

탄지로는 깜짝 놀라서 고개를 들었다.

내내 침착했던 남자, 무슨 말을 해도 표정을 바꾸지 않던 남자가 눈썹을 치켜 올리고 얼굴을 일그러트린 채 자신을 노려보고 있었다.

"비참하게 웅크리는 짓도 하지 마!! 그런 짓이 통했으면 네 가족도 안 죽었어!! 빼앗느냐, 빼앗기느냐의 순간, 주도권도 쥘 수 없는 약자가 누이동생을 고쳐 놔? 원수를 찾아내?"

웃기고 있다며 남자는 내뱉듯이 단언했다.

"약자에겐 아무런 권리도, 선택지도 없어! 하나같이 힘으로 강자에게 굴복당할 뿐!!"

탄지로는 망연자실해서 남자를 올려다봤다. 남자는 점점 더 격앙된 말투로 쏘아붙였다.

"어쩌면 네 누이동생을 고칠 방법은 도깨비라면 알고 있을

지도 몰라! 허나! 도깨비들이 네 의지나 부탁을 존중해 줄 거라 착각하지 마!"

말 한마디, 한마디가 날붙이처럼 탄지로에게 날아왔다.

"당연히 나도 널 존중하지 않아! 그것이 현실이다!"

남자는 번뜩이는 푸른색 도신을 머리 위로 높이 쳐들었다.

"어째서 넌 아까 네 누이동생 위로 엎어진 것이냐? 고작 그런 걸로 지켰다고 생각해? 왜 도끼를 휘두르지 않았어? 어째서 내게 등을 보인 것이냐!! 그 실수로 누이동생을 빼앗긴 거야!! 너와 네 누이동생을 한꺼번에 찔러 버릴 수도 있었어!"

그렇다, 이 사람의 말이 구구절절 옳다.

자신이 지금 살아 있는 건, 이 사람이 그러지 않았기 때문이다.

만약 도깨비였다면… 자신은 이미 훨씬 전에 죽었다….

눈물이 눈앞을 일그러트렸다.

어떡하지? 어떡하면 좋지?

아아, 하지만 생각해야 해. 생각하지 않으면 네즈코는 죽고 말아….

남자는 눈물이 그렁그렁 맺힌 탄지로의 창백한 얼굴을 평가하는 듯한 눈으로 응시했다.

'울지 마. 절망하지 마. 그런 건 지금 할 일이 아니다.'

가슴속으로 그렇게 중얼거렸다.

'네가 충격으로 재기불능에 빠졌다는 건 알고 있다. 가족이 죽고 누이동생은 도깨비로 변하고… 괴롭겠지. 절규하고 싶겠지. **알아.**'

그 심정을, 남자 역시 알고 있었다.

'내가 반나절만 더 빨리 왔더라면 너희 가족은 죽지 않았을지도 모른다. 하지만 시간을 되돌릴 방도는 없어.'

그 사실을 솔직하게 털어놓고 이 소년에게 사죄한다 한들, 아무런 의미도 없다.

지금 자신이 할 수 있는 일은 이 소년에게 각오를 따져 묻는 것뿐이었다.

'분노해라.'

눈물을 흘릴 여유가 있다면. 망연자실해 있을 여유가 있다면.

'결코 용서할 수 없다는 강렬하고 순수한 분노는 팔다리를

움직이는 데에 흔들림 없는 원동력이 될 것이다.'

나약한 각오로는 누이동생을 지킬 수도, 고칠 수도, 가족의 원수를 갚을 수도 없다.

하지만 소년은 움직이지 않았다. 아직 움직일 수 없는 것이다.

남자는 칼끝을 돌렸다. 저항하는 네즈코의 무릎을 꿇리고 왼쪽 가슴에 칼을 찔러 넣었다.

"안 돼!!"

소년은 자리에서 벌떡 일어나서는 남자를 향해 뭔가를 던졌다. 눈 속에서 집어낸 작은 돌멩이였다.

남자는 그것을 무심히 칼자루로 튕겨 냈다. 그러는 동안 소년은 옆에 있던 삼나무 뒤로 뛰어들면서 돌멩이를 하나 더 던졌다. 남자는 이것도 고개만 살짝 기울여서 간단히 피했다.

"으아아아!"

돌멩이는 더 이상 없는 듯했다. 소년은 소리를 지르면서 기껏 숨어 있던 나무 뒤에서 뛰쳐나와 정면으로 돌진해 왔다.

'감정에 휩쓸린 단순한 공격!'

남자는 실망했다. 이래서는 안 된다. 이 소년은 아무것도 할 수 없다.

'미련한 놈!!!'

욕설을 내뱉으면서 칼자루로 소년의 등을 세게 내리쳤다. 소년은 신음 소리 하나 내지 못한 채 그 자리에 털썩 쓰러져서 움직이지 않게 됐다. 정신을 잃은 것이다.

남자는 냉담하게 그를 내려다봤다.

'?'

남자는 깨달았다. 도끼가 없었다. 방금 전에 분명히 그가 오른손에 들고 있던.

'도끼는 어디 있지?'

그때, 머리 위쪽에서 부웅 하고 뭔가가 공기를 가르는 소리가 났다.

"!"

머리 바로 위에서 도끼가 회전하며 떨어졌다! 남자는 간발의 차로 그 날을 피했다. 도끼는 뒤쪽 삼나무에 깊숙이 꽂혔다.

남자는 숨을 삼키고 그 도끼를 바라봤다. 단 1초라도 늦게 감지했다면, 머리가 반으로 쪼개졌으리라.

'그렇군… 알았다.'

나무 뒤로 숨기 직전 이쪽으로 돌을 던지고, 나무 뒤에 숨는 순간 위쪽으로 도끼를 던진 것인가.

'돌은 내 주의를 끌기 위한 미끼.'

팔이 뒤쪽으로 홱 돌아가 있어서 당연히 도끼를 치켜든 줄 알았지만, 이미 그때 그의 손에는 도끼가 없었던 것이다.

'팔을 뒤쪽으로 돌린 건 두루마기 소매로 손을 가리기 위해서였나. 빈손이라는 걸 들키지 않으려고.'

이길 수 없다는 걸 알고 있었기에.

'일부러 무모하게 돌진해 와서, 자신이 베인 후에 날 쓰러뜨리려 했어…. 이 녀석은….'

남자는 정신을 잃은 탄지로를 내려다봤다. 그 순간.

크아앙! 하고 네즈코가 포효했다. 몸을 비틀어 남자의 손을 뿌리치고는 그 기세를 몰아 돌려차기를 날렸다.

'아뿔싸!!'

있는 힘을 다해 뒤쪽으로 펄쩍 뛰어서 충격을 완화했다. 남자가 자세를 다잡았을 때는 이미 네즈코가 오빠를 향해 달려간 뒤였다.

'잡아먹힌다!!'

그러나 남자는 믿기지 않는 광경을 목도했다.

도깨비 소녀는 마치 오빠를 지키려는 듯 양팔을 벌리고 남자를 노려봤다.

틀림없이 도깨비의 것인 눈. 긴 송곳니가 돋아난 입. 그러나 그 얼굴에서는 오빠의 손가락 하나 건드리게 하지 않겠다는 기백이 전해져 왔다.

'네즈코는, 우리 네즈코는 아니야. 사람을 잡아먹지 않아.'

마치 소년의 말을 증명하려는 것처럼.

'옛날에 똑같은 소릴 하며 잡아먹힌 놈이 있었다.'

'기아(飢餓) 상태'에 빠진 도깨비는 부모도, 형제도 다 죽여서 잡아먹는다. 영양가가 높기 때문이다.

'이제껏 그런 장면을 수도 없이 보았다….'

남자는 조금 전 자신이 칼날을 꽂았던 소녀의 가슴께를 주시했다.

'이 아이는 부상을 입었고, 그걸 치유하는 데에 힘을 소모하고 있다. 도깨비로 변할 때도 체력이 많이 소모되기 때문에 지금은 틀림없이 중증 기아 상태. 한시라도 빨리 인간의 피와 살을 먹고 싶을 텐데.'

저 보호하는 동작. 자신에 대한 위협.

'확실히 이 녀석들은 뭔가 다를지도 몰라.'

그때, 네즈코는 달려들었다. 남자를 향해서.

남자는 칼날이 아닌 손날로 네즈코의 목을 내리쳤다.

사람을
잡아먹지
않아.

우리
네즈코는
아니야.

옛날에

똑같은 소릴 하며
잡아먹힌 놈이
있었다.

"너만 두고 떠나서 미안하다, 탄지로."

어머니의 목소리가 들렸다.

타케오가, 시게루가, 하나코가, 로쿠타가, 걱정스러운 얼굴로 탄지로를 내려다보고 있었다.

"네즈코를 잘 부탁해."

퍼뜩 놀라서 눈을 떴다. 차가운 눈의 감촉. 손 근처에 있는 것을 꽉 쥐었다.

그것은 네즈코의 두루마기였다. 바로 옆에 네즈코가 똑바로 눕혀져 있었다. 얼굴에 묻었던 피는 온데간데없이 말끔했고 입에 죽통으로 만든 재갈이 물려져 있었다.

"일어난 거냐?"

그 남자의 목소리가 들렸다. 탄지로는 벌떡 일어나 네즈코를 끌어안았다.

조금 떨어진 삼나무 옆에 남자가 서 있었다. 하지만 더 이상 살기는 느껴지지 않았다.

"사기리산 기슭에 살고 있는 우로코다키 사콘지라는 노인을 찾아가라. 토미오카 기유가 말해서 왔다고 해."

토미오카 기유. 그것이 이 남자의 이름인 걸까.

"지금은 햇살이 비치지 않아 괜찮은 것 같지만, 누이동생을 태양 아래로 데리고 나가지 마."

기유는 그 말을 남기고는 번쩍 뛰어올라서 사라졌다.

탄지로는 한동안 네즈코를 껴안은 채로 기유가 있었던 곳을 멍하니 바라봤지만, 이윽고 천천히 몸을 일으켰다.

네즈코가 눈을 뜨면 어머니와 동생들을 매장하고, 그러고 나서 사기리산으로 가자.

지금은 이제 그것밖에는 붙잡고 따라갈 실이 남아 있지 않았다.

산을 내려오고 며칠. 눈도 사라진 마을 근처의 산길을 탄지로는 홀로 걷고 있었다.

토미오카 기유는 누이동생을 태양 아래로 데리고 나가지 말라고 했다. 그래서 지금까지는 밤에만 이동했지만, 사리기산까지는 아직도 갈 길이 멀었다. 게다가 밤에는 춥고 길도 잘 보이지 않는다. 가능하면 낮에도 이동하고 싶었다.

고심한 끝에, 탄지로는 네즈코를 산속에 숨기고 사람이 사는 마을로 내려온 것이다.

"죄송하지만, 저기 있는 광주리랑 지푸라기, 대나무 좀 가져

갈 수 있을까요?"

탄지로는 밭일 중인 부부에게 말을 걸었다.

"그거야 상관없지만… 광주리는 구멍이 나 있는데."

조금 떨어진 헛간 처마 밑에 낡은 대나무 광주리가 나뒹굴고 있었다.

"네. 값을 치러 드릴게요."

"아냐, 됐어. 어차피 구멍 난 광주리니까. 대나무도, 지푸라기도 그냥 줄게."

"그래도 치르겠습니다!"

"아니, 됐다고! 거 고지식한 꼬맹이로구먼!"

황당해하는 남자의 손에 힘차게 동전을 쥐어 주었다.

"받아 주세요! 푼돈이지만!"

"아얏!"

아파하는 남자와 깜짝 놀란 그의 아내에게 머리를 숙여 인사한 다음, 탄지로는 광주리를 가지러 달려갔다.

"네즈코… 어라? 없잖아?!"

인기척 없는 산속, 작은 동굴을 들여다보고 탄지로는 당황했다. 여기 있으라고 신신당부를 했는데.

그러나 잘 보니, 동굴 안쪽 지면에 구멍이 또 있었다. 거기서 네즈코가 얼굴을 빼꼼 내밀었다.

"있다!!"

휴, 하고 가슴을 쓸어내렸다.

'스스로 구멍을 판 건가…? 내 누이가 두더지처럼 변해 버렸어.'

그리고 얼굴을 잔뜩 찡그리고 있었다. 어지간히도 햇볕을 쬐기 싫은 것이리라.

탄지로는 조금 전에 구해 온 등에 매는 광주리를 가져와서 네즈코에게 내밀었다. 군데군데 나 있던 구멍은 함께 산 지푸라기와 대나무로 깔끔하게 수선했다.

"네즈코, 여기로 들어갈 수 있겠니? 낮에도 움직여야 해서. 내가 업고 갈 테니까."

네즈코는 처음에는 역시 내키지 않는 눈치였지만, 마지못해 구멍에서 기어 나와 탄지로가 옆으로 눕힌 광주리로 머리부터 파고들었다.

하지만, 상반신밖에 들어가지 않았다. 허리 아래쪽은 고스란히 밖으로 삐져나왔다.

'우리 네즈코도 많이 컸구나…. 얼마 전만 해도 훨씬 작았는

데.'

이런 와중에도 잠시 동생의 성장을 뿌듯해하다가 "응?" 하고 탄지로는 떠올렸다. 커졌다, 고 하니까 생각났는데….

"…그렇지. 네즈코 너, 성인 여자만큼 커졌었잖아."

바로 그날, 제일 처음 탄지로를 공격했을 때의 일이었다.

"그거랑 반대로 작아질 순 없어?"

탄지로는 네즈코의 등을 토닥토닥 두들기면서 주문을 외우듯 말했다.

"작게…. 네즈코, 작아져."

그러자 놀랍게도 네즈코의 몸은 차츰 작아지더니 4, 5살쯤 된 어린아이 체형으로 변했다!

기모노와 신발은 그대로라서 헐렁헐렁했지만, 네즈코는 그 걸 둘둘 감아 매무새를 잘 정리하고는 광주리 속에 쏙 들어갔다.

"오옷! 장하다, 장해! 착하기도 하지, 우리 네즈코. 대단해."

탄지로가 머리를 쓰다듬어 주자, 네즈코는 눈을 가늘게 뜨며 웃었다.

도깨비로 변해 버린 뒤로 네즈코는 아무 말도 하지 않았다. 기유가 입에 재갈을 물린 탓도 있지만, 감정 표현도 급격히 줄

었고 어쩐지 늘 멍한 상태였다. 그래도 오빠에게 칭찬받으면 기쁜가 보다.

탄지로는 네즈코가 있는 광주리에 햇빛이 들어가지 않게끔 겉에다 천을 꼼꼼히 감은 다음, 산길을 걸어가기 시작했다.

낮에는 네즈코를 업고, 밤에는 둘이 함께 걸은 끝에 남매는 마침내 사기리산까지 딱 한 고개를 남겨 뒀다.

해는 완전히 저물었지만, 아직은 달빛이 밝았다. 갈 수 있는 데까지는 가자며 네즈코를 이끌고 산길을 걷던 탄지로는, 나무들 사이로 지붕을 발견하고 그 자리에 멈춰 섰다.

"앗. 역시 사당이 있네. 불빛이 새어 나오는 걸 보면 누군가가 있는 것 같지만. 가자."

마을에서 가까운 곳에 흔히 있는, 작은 무인(無人) 사당이었다. 찢어진 장지문 안쪽에서 촛불이 일렁이는 것이 보였다. 탄지로 남매처럼 여행객이 하룻밤 묵는 중일지도 모른다.

"!! 피 냄새가 난다!"

그것은 사당 방향에서 풍겨 왔다.

"이 산은 길이 험해서 누군가 다쳤나 봐."

탄지로는 서둘러 계단을 올라가 찢어진 장지문을 벌컥 열었다.

"괜찮으세요…?"

헉 하고 숨을 삼켰다.

숨이 턱 막힐 듯한 비릿한 내음. 겹겹이 포개어 쓰러져 있는 여러 명의 사람.

그 안에서 유일하게 움직이는 그림자가, 천천히 탄지로를 돌아봤다.

"뭐야. 너. 여긴 내 구역이야."

그것이 질겅질겅 씹고 있는 건 사람의 팔이었다.

'식인 도깨비!'

"내 먹이터를 어지럽히면 가만 안 둬."

도깨비는 핏발이 선 눈으로 탄지로를 노려봤다. 그리고 피에 젖은 손가락을 핥으면서 고개를 갸웃거렸다.

"…으잉? 묘한 느낌이 드는데? 너희… 인간이냐?"

도깨비는 그렇게 묻자마자 단숨에 도약해서는 탄지로에게 달려들었다. 탄지로는 땅바닥에 굴러떨어지기 직전에 허리춤에서 도끼를 뽑아 들어서 도깨비의 목을 벴다.

닿았다. 분명히 그런 감각을 느꼈다.

달빛 아래에서 보는 도깨비는 젊은 사내의 모습이었다. 혈관이 불거져 나온 얼굴. 훤히 드러난 두 팔과 오른쪽 허벅지에 문신 같은 두 줄의 무늬가 있었다.

도깨비는 목에서 피를 뚝뚝 흘렸지만, 송곳니만 빼곡하게 돋아난 입으로 씨익 하고 웃었다.

"하하, 도끼라. 제법인데? 근데 이런 상처쯤은 금세 나아서."

목을 누르고 있던 손을 뗐다.

"봐 봐. 벌써 피는 멎었지."

"?!"

그럴 수가, 라고 생각한 순간에 탄지로는 이미 도깨비에게 눌려서 땅바닥에 쓰러졌다.

'빠르다!! 게다가 이 엄청난 힘!!'

"두 번은 안 당해. 자, 목을 부러뜨려 주마."

목과 도끼를 쥔 오른팔을 세게 붙잡고 누르니 꼼짝도 할 수 없었다.

그러나 다음 순간. 별안간 도깨비의 목이 뜯겨져 나갔다.

"!!!!"

탄지로는 경악했다. 네즈코였다. 네즈코가 도깨비의 목을 발로 차서 날려 버린 것이다.

도깨비의 목은 테마리처럼 통통 튀어서 조금 떨어진 나무줄기에 부딪친 다음 데굴데굴 굴렀다.

'주!! 죽여 버렸어!! 아니, 하지만 상대는 도깨비니까…!!'

너무나도 당황스러운 사태에 탄지로는 어찌할 바를 모른 채, 도깨비의 몸과 네즈코를 번갈아 쳐다봤다.

네즈코는 식은땀을 줄줄 흘리면서 거친 숨을 후후 내쉬고 있었다. 마치 뭔가를 애써 참아 내는 것처럼. 인간의 피 냄새가 도깨비의 본능을 자극하는 것이다.

"네, 네즈코….."

또다시 네즈코가 발차기를 날렸다. 탄지로 위에 올라타 있던 도깨비의 몸이 휙 날아갔다.

놀랍게도 목이 없는 그 몸은 혼자서도 버둥거렸다.

'믿어지지가 않아! 목이 뽑혀 나갔는데도 방금 움직인 거야?!'

"네 이 놈드으으을! 역시 한쪽은 도깨비였구만!"

소리를 지른 건 땅바닥에 나뒹굴고 있는 도깨비의 머리였다. 머리만 남았는데도 말을 했다. 탄지로는 이제 뭐가 뭔지 알 수 없었다.

"묘한 기운이나 풍기고 다니고오오! 어째서 도깨비랑 인간이 어울려 다니는 거야아앗."

도깨비의 몸 쪽이 벌떡 일어나 네즈코에게 덤벼들려 했다. 탄지로는 황급히 도끼를 치켜들었지만, 이번에는 뒤에서 뭔가가 날아왔다.

돌아보면서 도끼를 휘둘렀다. 도깨비의 머리였다. 도끼 날을 꽉 물고 놓지 않았다.

"?!"

심지어 양쪽 귀가 있는 부분에서 팔 두 개가 자라나 있었다! 그 팔을 뻗어서 탄지로의 어깨에 손가락을 박아 넣었다. 아무렇게나 풀어헤친 긴 머리가 별개의 생물처럼 뻗어 나와서 도낏자루를 휘감았다.

이해의 범주를 초월한 도깨비의 존재에, 극에 달했던 탄지로의 공포감은 거짓말처럼 사라졌다.

반대로 분노가 배 속에서부터 울컥울컥 솟구쳤다.

'이건 또 뭐야! 머리에 팔 같은 게 돋아나선!!'

"비켜!!!!"

고함을 지르면서 탄지로는 있는 힘껏 도깨비에게 박치기를 했다.

빠악!! 하는 요란한 소리가 나고, 도깨비가 주춤거렸다. 한 차례 더 박치기를 먹이자, 팔이 떨어졌다.

탄지로는 이때다 하고 도끼를 부웅 휘둘러서 도깨비의 머리 째 던졌다. 기세 좋게 회전하면서 날아간 도끼는 운 좋게 자루로 도깨비의 목을 고정하는 형태로 나무줄기에 박혔다.

"네즈코!!"

도깨비의 몸이 사당 뒤편의 절벽으로 네즈코를 내몰고 있었다. 탄지로는 전력으로 돌진해서 도깨비에게 달려들었다.

"헉…!"

속도를 주체하지 못한 나머지 절벽 아래로 떨어질 뻔한 순간, 네즈코가 간발의 차로 탄지로의 팔을 붙잡았다. 절벽 아래로 떨어진 도깨비의 몸이 피를 튀기며 짜부라지는 것이 보였다.

"꽤액!"

비명을 지른 건 나무에 단단히 고정된 머리 쪽이었다. 몸이 파괴돼면 머리도 죽는 걸까? 축 늘어진 채 움직이지 않게 됐다.

'…아니… 혹시 또 몰라…. 아직 살아 있을 수도 있어….'

탄지로는 어깨로 숨을 쉬면서, 산에서 일할 때 쓰는 주머니

칼을 뽑았다. 그러고는 천천히 도깨비의 머리 쪽으로 다가갔다.

'도깨비는… 세상에 많이 있겠지…?'

이 도깨비의 냄새는 집에 남아 있던 냄새와는 달랐다. 식구들을 잡아먹은 놈과는 다른 도깨비다.

인간의 모습을 한 것에게 날붙이를 들이미는 건 두려웠다.

'하지만 숨통을 끊어 놓지 않으면 또 사람을 공격할 거야, 그러니까 내가 해야 해.'

죽여! 이건 사람이 아니야. 도깨비야. 도깨비라고….

탄지로가 주머니칼을 높이 치켜든 그때.

갑자기 뒤에서 커다란 손이 나타나 탄지로의 어깨를 덥석 잡았다.

"그런 걸로는 숨통을 끊어 놓을 수 없어."

헉… 하고 놀라서 돌아보니 그곳에는 '텐구'가 서 있었다.

'텐구 가면….'

그는 작은 체구의 남자였다. 얼굴은 텐구 가면으로 가리고 머리에도 수건을 두르고 있지만, 틈새로 살짝 보이는 머리카락은 새하얬다. 목소리와 손의 감촉으로 판단했을 때 아마 상당히 나이가 든 사람으로 예상됐다.

그러나 허리는 꼿꼿했으며, 무엇보다도,

'이 사람… 발소리가 나지 않았어.'

네즈코는 다시 평소 상태로 돌아와서 탄지로의 옆에서 멍하니 허공을 바라보고 있었다. 네즈코가 공격하지 않는다는 건, 적은 아니라는 뜻이리라.

"어, 어떻게 해야 숨통을 끊어 놓을 수 있는데요?"

탄지로는 노인에게 물었다.

"남한테 묻지 마라. 네 머리로 생각할 순 없는 것이냐?"

노인은 매몰차게 말했다. 탄지로는 곰곰이 생각했다.

'…찔러도 안 된다면… 머릴 깨부수는 수밖에….'

근처에 있던 커다란 돌을 주워서 도깨비의 머리 위로 들어올렸다.

'머리뼈를 박살 내 완전히 뭉개 놓으려면 역시 여러 번 돌로 내리찍어야겠지…?'

도깨비는 여전히 움직임이 없었다. 하지만 아직 살아 있을 게 분명했다.

'괴로울 텐데. 일격에 숨을 끊을 방법은 없나…?'

도무지 돌을 내리칠 결심이 서지 않아서 탄지로는 그 자리에 가만히 서 있기만 했다.

'아아… 이 아인 글렀구나.'

탄지로의 뒷모습을 바라보면서 노인은 몰래 한숨을 내쉬었다.

'배려심이 너무 강해서 결단을 못 내려. 도깨비를 앞에 두고도 선량한 냄새가 사라지질 않아. 도깨비한테조차 동정심을 품고 있어.'

기유, 이 아이에겐 무리다, 라고 노인 우로코다키 사콘지는 마음속으로 중얼거렸다.

며칠 전의 일이었다.

우로코다키 노인은 까마귀의 다리에 묶인 편지를 받았다.

전략. 우로코다키 사콘지 님.

　귀살(鬼殺) 검객이 되고 싶다는 소년을

　그쪽으로 보냈습니다.

　맨손으로 제게 달려드는 배짱이 있습니다.

혈육들이 도깨비에게 참살당했고,

살아남은 누이동생은 도깨비로 변모하였으나

인간을 공격하진 않으리라 판단했습니다.

이 두 사람에겐 뭔가 여타의 이들과는 다른 무언가가

느껴집니다.

소년 쪽은 당신처럼 코가 밝은 듯합니다.

어쩌면 '돌파'해서 '계승'할 수 있을지도 모릅니다.

모쪼록 잘 키워 주시기 바랍니다.

방자한 청이라는 건 알지만, 부디 용서해 주십시오.

무엇보다 건강에 가장 힘써 주십시오. 잘 부탁드립니다.

토미오카 기유 드림.

편지에는 그렇게 적혀 있었다만⋯.

'어디⋯ 과연 어떨지.'

노인은 아직도 결단을 내리지 못하는 소년을 힐끔 쳐다본 뒤에 조용히 돌아섰다.

얼마나 오래 망설이고 있었을까. 탄지로는 어느샌가 주변이 환해졌음을 깨달았다.

"꾸물거리는 사이에 동이 터 버렸어…."

삼나무 숲 사이로 이제 막 떠오른 아침 햇살이 스며들었다.

"꽤애액!!"

그 빛이 닿은 순간, 도깨비의 머리가 비명을 질렀다.

"크아아아악!! 끼야아아아악!!"

짤막한 팔을 마구 휘두르면서 괴로움에 몸부림치던 도깨비의 머리는 타들어 갔다. 순식간에 까맣게 타서 재처럼 변하더니 파스스 하고 허물어져 내렸다.

'햇빛에 닿은 것만으로 저 지경이?! 네즈코가 싫어할 만하네!!'

탄지로는 멍하니 나무줄기에 남은 자신의 도끼와, 바람에 날려서 흩어지는 도깨비의 잔해를 바라봤다.

'네즈코는?!'

황급히 주변을 둘러보자, 네즈코는 사당 처마 밑으로 탄지로의 광주리를 끌고 가서 그 안에 숨어 있었다.

'참. 그 사람은….'

노인의 모습도 보이지 않는 것을 알아챈 탄지로는 사당 뒤편으로 가 봤다.

뒷마당에는 흙더미가 만들어져 있었고, 노인이 그곳을 향해 합장을 하는 중이었다. 어젯밤에 도깨비에게 살해당한 사람들을 매장해 준 모양이었다.

"…저어."

탄지로가 다가가자 노인은 천천히 일어나서 돌아봤다.

"난 우로코다키 사콘지다."

역시나. 탄지로는 숨을 삼켰다. 왠지 모르게 그럴 것 같다는 기분이 들었었다.

"기유가 소개한 건 네가 틀림없으렷다?"

"아, 네. 카마도 탄지로라고 합니다. 제 누이동생은 네즈코고…."

대답하려는 탄지로를 우로코다키 노인이 가로막았다.

"탄지로, 누이동생이 사람을 잡아먹었을 때, 넌 어찌 할 것이냐?"

갑작스러운 질문에 탄지로는 바로 대답하지 못했다. 그런 생각은 해 본 적도 없었다. 아니, 생각하고 싶지 않았던 것이다.

짜악! 하고 느닷없이 따귀가 날아왔다.

"판단이 느려."

부어오를 정도로 세게 얻어맞은 뺨을 감싸는 탄지로에게 우로코다키는 매섭게 말했다.

"넌 좌우지간 판단이 느리다. 아침이 될 때까지도 도깨비의 숨통을 끊어 놓지 못했어. 방금 이 질문에 바로 대답하지 못한 건 어째서일까? 네 각오가 어설프기 때문이다."

텐구 가면에 가려져서 노인의 얼굴은 알 수 없었다. 하지만 목소리는 낮고 위압감이 있었다.

"누이동생이 사람을 잡아먹었을 때 네가 해야 될 일은 두 가지다. 누이동생을 죽이는 것. 너도 할복하고 죽는 것. 도깨비로 변한 누이동생을 데리고 간다는 건 그런 뜻이야."

이 사람의 말이 맞았다. 탄지로는 자신의 우유부단함을 뼈저리게 느꼈다.

그때도 토미오카 기유에게 호되게 혼이 났건만, 자신은 여전히 아무것도 깨달은 바가 없었다.

우로코다키는 탄지로를 가만히 바라본 다음, 타이르듯이 말을 이었다.

"하지만 이건 절대로 있어선 안 되는 일이라고 단단히 명심해 둬라. 죄 없는 사람 목숨을 네 누이동생이 빼앗는 것. 그것만은 절대로 있어선 안 돼. 내가 하는 말, 무슨 뜻인지 알겠느냐?"

"네!!"

등을 쭉 펴고 대답했다. 우로코다키는 고개를 끄덕였다.

"…허면, 지금부터 네가 귀살 검객으로서 적합한지 여부를 시험하겠다. 누이동생을 업고 따라와라."

그렇게 말하고 우로코다키는 등을 돌렸다.

'빠르다!!'

탄지로가 네즈코가 들어가 있는 광주리를 짊어지자마자 우로코다키는 엄청난 속도로 달리기 시작했다.

'이 사람은 대체 몇 살이지? 그리고 역시 발소리가 전혀 나질 않아!!'

사당이 있던 산을 내려와 마을에 진입했다. 수확이 끝나서 휑한 논두렁길을 우로코다키 노인은 바람처럼 내달렸다.

탄지로는 다릿심에 자신이 있었다. 언제나 무거운 숯을 지고 험한 산길을 오갔기 때문이다. 그러나 도저히 따라잡을 수 없었다. 따라잡기는커녕 노인의 모습을 놓치지 않게끔 필사적으로 쫓아가는 게 고작이었다.

솔직히, 등에 업힌 네즈코를 챙길 여력조차 없었다. 숨이 차오르고 다리가 무거웠다.

'네즈코… 많이 흔들리겠지만 꾹 참아 다오!!'

마음속으로 그렇게 중얼거렸다가 슬퍼졌다. 네즈코는 지금까지도 늘 참기만 했다.

장녀로서 매일 어머니의 일을 돕고, 때로는 탄지로를 비롯한 남자 형제들과 산에 들어가기도 했으며, 어린 동생들을 보살폈다.

지금 네즈코가 입은 삼잎 무늬 기모노만 해도 몇 번이나 구멍이 나고 해어진 것을 직접 꿰매고 기운 걸로 기억한다. 새것을 사야겠다는 탄지로의 말에 됐다고 손사래를 치면서 웃었다.

'난 이 기모노, 맘에 들었거든. 그보다는 차라리 아래 동생들이나 더 많이 먹여 줘.'

끈기 있고 인내력 강한 네즈코. 다정한 네즈코.

'꼭 인간으로 돌려놔 줄게. 언젠가는 꼭 고운 기모노를 사 줄게.'

다른 식구들한테 해 주지 못한 몫까지, 전부 너한테…!

그런 일념으로 달리고 또 달리자, 마침내 우로코다키는 산기슭의 오두막 앞에서 발걸음을 멈췄다. 보아하니 여기가 그의 집인 듯했다.

저녁노을 속에서 탄지로는 그 자리에 힘없이 주저앉았다.

"이, 이… 이로써… 전… 인정받은 건가요?"

그러나 우로코다키는 조금의 헐떡임도 없는 태연한 기색으로 오두막 문을 열면서 말했다.

"시험은 지금부터 시작이다. 산으로 올라간다."

히익… 하고 탄지로는 눈앞이 캄캄해졌다.

어느새 깊이 잠든 네즈코를 우로코다키의 오두막에 눕힌 뒤에 탄지로는 노인과 함께 뒷산 즉, 사기리산(狹霧山)을 오르기 시작했다.

이름대로 안개(霧)가 뿌옇게 낀 산길을 우로코다키는 튼튼한 다리로 성큼성큼 올라갔다. 마치 진짜 텐구처럼 보였다.[*]

'지쳐서 다리에 힘이 잘 안 들어가…. 머리가 어질어질해….'

얼마나 오래 걸었는지 가늠도 되지 않을 무렵에 노인은 드디어 멈춰 서서 탄지로를 돌아봤다.

"여기서부터 산기슭에 있는 집까지 내려올 것. 이번엔 동 틀

※텐구는 깊은 산속에서 산다고 전해지는 요괴다.

때까지 안 기다릴 거다."

"네?"

그게 다냐고 물으려 한 때에는 이미 우로코다키의 모습이
사라진 뒤였다.

이미 심야에 가까운 시각 같았지만, 산에서 자란 탄지로는
별로 겁이 나지 않았다. 올라온 길을 따라서 산기슭으로 내려
가는 것뿐이라면 시간은 그리 오래 걸리지 않으리라.

'아! 알았다. 이 진한 안개 때문에 내가 길을 잃을 거라고 생
각한 거구나?'

탄지로는 저도 모르게 웃었다.

'동 트기 전에 돌아가기만 하면 되는 거지? 간단하네!! 난 코
가 밝으니까. 우로코다키 씨의 냄새는 이미 외웠거든.'

모습은 잃어버렸어도 길은 틀리지 않을 것이다. 탄지로는
힘차게 걸음을 내디뎠다.

그러자, 별안간 뭔가에 다리가 걸렸다.

"?!"

갑자기 어디선가 돌이 무더기로 날아왔다. 비틀거리면서 쓰
러지자 이번에는 땅바닥이 쑥 꺼졌다.

정신을 차리고 보니 탄지로는 깊은 구덩이에 빠져 있었다.

'함정!!'

옳거니. 이해했다. 그냥 산을 내려가는 건 너무 간단하다고 생각했다.

'덫이 설치되어 있구나? 그런 거였어!!'

겨우 함정 밖으로 기어 나왔다고 안도한 순간, 또 뭔가를 발동시켰다.

'앗, 이런. 또…!!'

탕 하고 어떤 물체가 등을 가격해 앞으로 고꾸라졌다. 공중에 매달아 놨던 통나무가 날아온 것이다.

'큰일이다, 큰일이다, 큰일이다!!'

얼굴에서 핏기가 싹 가셨다.

'이런 식으로 계속 덫에 걸리다간 아침까지 하산할 수 없겠어.'

하아, 하아, 하고 어깨를 위아래로 들썩이면서 탄지로는 마침내 일어섰다.

괴롭다. 숨이, 숨이 잘 쉬어지지 않았다.

'이 산은 공기가 희박하다!! 내가 살던 산보다 훨씬 희박해!!'

그래서 이렇게 숨이 차고 어지러운 것이다.

'돌아갈 수 있을까…? 이러다 실신할지도….'

무거운 다리를 질질 끌면서 어떻게든 걸음을 내디뎠다.

'아니, 돌아가야 해!! 호흡을 가다듬어 덫의 냄새를 가려내자.'

사람 손으로 설치한 덫은 역시 희미하게 냄새가 달랐다.

'됐다, 알았어!! 알 수 있어!!'

그러나 구분했다고 해서 당장 그걸 다 피할 수 있는 건 당연히 아니었다.

그 뒤로도 탄지로는 연이어 덫에 걸렸다.

무사히 피하는 건 몇 번 중 한 번꼴. 몇 개나 되는 함정에 빠지고, 날아오는 돌과 통나무에 얻어맞았으며, 채찍처럼 휘어지는 대나무에 맞아 튕겨나가기를 반복했다.

탄지로는 그래도 다시 일어나 비틀거리면서도 산기슭을 향해 달렸다.

우로코다키는 여전히 잠만 자는 네즈코에게 이불을 덮어 주면서 창밖을 내다봤다.

동쪽 하늘이 어슴푸레 밝아오기 시작했고, 산새들이 잠에서 깨어나 지저귀었다.

역시 실패였나…라고 생각한 그때.

오두막 문이 덜컹덜컹 소리를 내며 열렸다.

온몸이 흙먼지와 피로 더러워진 탄지로가 간신히 서 있었다.

"돌아…왔습니다…."

그러나 그 말을 쥐어짜내는 것이 한계였으리라. 그대로 그 자리에 주르륵 쓰러졌다.

"…널 인정하마. 카마도 탄지로."

우로코다키는 소년을 내려다보며 조용히 말했지만, 탄지로는 그의 말을 다 듣기도 전에 정신을 잃었다.

제 3 화 탄지로 일기

　탄지로는 독서대에서 눈을 떼고 붓을 멈추고는 곁에서 잠에 빠져 있는 네즈코를 가만히 바라봤다.

　네즈코는 그날 이후로 쭉 잠만 자고 눈을 뜨지 않는다.

　우로코다키 씨가 의원을 불러 진찰을 받았지만 이상은 없었다.

　최소한 네즈코가 깨어났을 때 무슨 일이 있었는지 이야기해 줄 수 있도록, 탄지로는 일기를 쓰기 시작했다.

　일기에는 우로코다키에게 배운 다양한 지식과 단련 내용을 가능한 한 상세히 적어 갔다.

· 귀살대(鬼殺隊)—그 숫자는 대략 수백 명. 정부에게 정식으로 **인정받지 못한 조직.** 그러나 예로부터 존재해 왔고, 오늘도 도깨비를 사냥한다.

들자하니 우로코다키도 옛날에는 귀살대 검객이었다고 한다.

"난 '육성자'다."

라고 우로코다키는 말했다.

"말 그대로 검객을 키우지. '육성자'는 산더미처럼 많고, 각자의 자리에서 각자의 방식으로 검객들을 키우고 있어."

나이가 들거나 부상 등으로 은퇴한 검객이 '육성자'가 된다고 했다.

그날 만났던, 무늬가 반반 다른 두루마기를 입은 검객, 토미오카 기유 역시 그가 길러 낸 제자 중 한 명이라는 모양이다.

· 도깨비—주식은 인간. 인간을 죽여서 잡아먹는다. 언제 어디서 나타났는지는 불명.

신체능력이 뛰어나고 상처도 바로바로 낫는다. 절단된 살도 연결

되고, 팔다리도 새롭게 생성할 수 있다. 몸의 형태를 바꾸거나 이능력을 가진 도깨비도 있다.

태양빛이나 특별한 칼로 목을 치지 않는 한 죽일 수 없다. 몸 어딘가에 문양 같은 반점이 있는 경우가 많다. 반점의 형태는 제각각.

· 귀살대는 살아 있는 몸으로 도깨비에게 대항한다. 인간이기 때문에 상처 치유도 더디고, 잃어버린 팔다리가 원래대로 돌아오는 법도 없다. 그래도 도깨비에 맞서 싸운다. 인간을 지키기 위해서….

"귀살대에 들어가려면 '후지카사네산'에서 열리는 '최종 선별'에서 살아남아야 한다. '최종 선별'을 받아도 될지 말지는 내가 정할 거야."

즉, 우로코다키에게 인정받을 때까지 매일 단련하는 것. 그것 말고 다른 길은 없었다.

'네즈코. 난 오늘도 산을 내려가. '최종 선별'에서 죽지 않기 위해 철저하게 단련해.'

매일매일 하산을 반복하다 보니 덫을 꽤 피할 수 있게 됐다. 체력이 많이 향상되었고, 코가 예전보다 더 예리하게 냄새를 포착할 수 있게 되었기 때문이다.

그러나 덫의 난이도는 쭉쭉 올라간다. 날 죽이려고 작정했나 보다.

처음에는 돌팔매질이었는데, 얼마 지나지 않아 식칼이 날아오게 됐고, 함정 안에도 날붙이를 박아 두는 것이 당연해졌다.

자잘한 부상은 매일. 큰 부상도 한두 번으로 그치지 않았다.

마침내 그런 난이도에도 적응하기 시작한 무렵, 이번에는 칼을 들고 하산하라고 했다.

그게 어찌나 거치적거리는지, 빈손이 아니다 보니 자꾸만 덫에 걸린다.

진검은 무겁고, 다루기가 어려웠다.

오늘은 칼 휘두르기 연습. '오늘만'이라기보다 최근엔 날마다 칼을 휘두르고 있다. 하산 후에는 팔이 뽑혀 나갈 것처럼 칼을 휘두른다.

가장 먼저, 칼은 쉽게 부러진다고 말씀하셨다.

세로 방향의 힘에는 강하지만 가로 방향의 힘에는 약하다. 칼에는 힘을 일직선으로 얹을 것. 칼날의 방향과 칼을 휘두를 때 담는 힘의 방향은 완전히 동일해야 한다.

그런데 이게 말처럼 쉬운 일이 아니었다.

칼을 파손, 즉 칼을 부러뜨리기라도 하면, 네 목도 부러뜨릴 거라고 낮은 음성으로 위협했다.

매일매일 땀과 흙먼지를 뒤집어쓰고, 팔다리가 움직이지 않을 때까지 단련한 다음, 밤에는 죽은 듯이 잠에 들었다.

그러는 사이에 계절이 계속해서 바뀌어 갔다.

이 사기리산에 처음 들어왔을 때는 아직 한겨울이었는데, 지금은 이미 봄도 다 지나서 초여름 바람이 불어오기 시작했다.

오늘은 떼굴떼굴 구르기 잔치. 어떤 태세에서도 낙법을 취하며 재빨리 일어나는 훈련.

난 칼을 들고 우로코다키 씨를 베겠다는 맘으로 덤벼든다. 우로코다키 씨는 맨손. 비무장.

하지만 무식하게 강하다. 난 언제나 금세 내던져져서 땅바닥에 나뒹군다.

갖은 방법을 써도 우로코다키를 이길 수는 없었지만, 그래도 조금씩, 웬만큼은 상대할 수 있게 됐다.

제일 처음에는 전혀 보이지 않았던 노인의 움직임이 보이게 됐고, 눈에 보이니 가끔은 피하는 데 성공했다.

꼴사납게 나뒹구는 횟수는 줄어들었고, 바로 자세를 바꿔서 다음 공격에 나설 수 있게 됐다.

그리하여 겨우 다음 단계로 넘어갔다.

오늘은 호흡법과 기술 형태 같은 걸 배운다.

'전(全)집중의 호흡'이라는 특별한 호흡법이다.

배에 힘이 안 들어갔다고 성내며 배를 퍽퍽 두들겼다.

인간보다 월등히 강한 도깨비를 베기 위해서는 이 '전집중의 호흡'이 매우 중요하다는 모양이다.

호흡에는 몇 가지의 종류, 정확히는 계통 같은 것이 있는데, 우로코다키는 '물의 호흡'이라는 것의 사용자라고 했다.

"물은 어디에나 있으며, 어떤 형태도 될 수 있다. 비가 되어 대지를 적시지만, 때로는 탁류가 되어 모든 것을 휩쓸 때도 있지. 한 방울의 물방울은 바위에 구멍을 뚫고, 파도는 거대한 바위조차도 깨부순다."

'물의 호흡'의 '형태'는 전부 10종류가 있다고 한다. 우로코 다키는 그 전부를 탄지로에게 가르쳤다.

산에 들어온 지 반년이 지나도 네즈코는 눈을 뜨지 않았다. 아무것도 먹지 않고, 마시지도 않고, 그저 새근새근 잠만 자고 있다.

혹시 모르니 재갈도 여전히 물려 났다. 그것도 보기 안쓰러웠다.

무서웠다. 아침에 일어나면 죽어 있진 않을지, 그런 생각이 들지 않은 날이 없었다.

그래도 동생에게서는 아무런 변화도 나타나지 않은 채, 시간은 흘러갔다.

매일 계속하는 하산 훈련은 더욱 험난하고 공기는 희박한 곳으로 장소가 바뀌어서, 죽을지도 모른다고 수도 없이 생각했다.

여름이 지나고, 가을에 접어들고, 또다시 겨울이 왔다.

사기리산에 눈이 쌓였다. 마침내 1년이 흐른 것이다.

그래도 네즈코는 깨어나지 않은 상태. 그리고 어느 날 아침, 우로코다키는 탄지로에게 말했다.

"더는 가르칠 게 없다."

"네?"

탄지로는 갑작스러운 말에 눈을 동그랗게 떴다.

"이젠 너 하기에 달렸다. 네가 과연 내가 가르쳐 준 걸 승화시킬 수 있을지 어떨지."

그렇게 말한 우로코다키는 사기리산 깊숙한 곳, 이제까지 가 본 적 없는 장소로 탄지로를 데려갔다.

그곳에는 커다란, 어른 10명이 손을 잡아도 완전히 에워쌀 수 있을지 의문인 둥글고 거대한 바위가 있었다. 두터운 금줄이 둘러져 있었다.

우로코다키는 그 바위를 손가락으로 가리키면서 말했다.

"이 바위를 베면 '최종 선별'에 나가는 걸 허가하마."

탄지로는 어리둥절한 표정으로 바위를 바라봤다.

'바위라는 게… 원래 베는 거였던가?'

칼로 벨 수 있는 거던가?

심지어 이 바위… 이런 크기를.

'왠지 못 벨 것 같아. 칼이 부러질 거야….'

하지만 우로코다키는 그대로 몸을 돌려 산을 내려가려 했다.

"우로코다키 씨! 잠깐만요, 이건! 우로코다키 씨!!"

탄지로는 필사적으로 노인을 불러 세웠지만, 그는 돌아보지도 않고 그 자리를 떠나 버렸다.

우로코다키 씨는 그 뒤로 아무것도 가르쳐 주지 않았다.

난 우로코다키 씨에게 배운 것들을 날마다 반복했다.

숨 참기며 유연성 같은 기초적인 것들도. 일기에 적어 두길 잘했단 생각이 들었다.

다만, 반년이 지나고도 바위는 벨 수 없었다.

난 초조했다.

부족하다. 아직 단련이 부족한 것이다.

더 해야 된다. 더.

'난 글러먹은 건가?'

탄지로는 오늘도 바위를 향해 칼을 휘둘렀다.

바위는 벨 수 없었다. 바위는커녕 옆에 둘러진 금줄에조차
도 탄지로의 칼날은 튕겨나갈 뿐이었다.

'네즈코는 이대로 죽는 건가?'

상상하기 싫었다. 그런 일은 죽어도 싫었다.

그렇지만 더는 어떡하면 좋을지 알 수 없었다. 배운 것들은
전부 해 봤다. 지금 자신에게 할 수 있는 일은 전부 시도했다.
그러나 여기서부터는 아무것도 모른다.

으아! 하고 절규가 나오려 했다. 좌절할 것 같다. 질 것 같았
다.

약한 마음을 떨쳐 내기 위해서 탄지로는 바위에 박치기를
했다. 몇 번이나, 몇 번이나.

"힘내, 탄지로!! 힘내!!!"

"시끄러!"

별안간 머리 위에서 목소리가 들렸다. 깜짝 놀란 탄지로는
바위에서 황급히 멀어졌다.

"사내놈이 아우성치지 마. 보기 흉하니까."

위를 올려다보니, 바위 위에 소년이 앉아 있었다. 여우 가면을 쓰고 있어서 얼굴은 보이지 않지만, 아마도 탄지로의 또래가 아닐까. 담주색 머리카락에, 왼손에는 목도를 들고 있었다.

'어느 틈에….'

냄새가 나지 않았다. 그런 일이 가능한가?

하얀 여우 가면에는 오른쪽 입가에 긴 흉터가 있었다. 일부러 낸 것 같은 흉터였다.

"그 어떤 고통도 조용히 견뎌 내라. 네가 사내라면. 사내로 태어났다면."

그 말을 마치자마자 소년은 바위 위에서 훌쩍 뛰어내렸다. 그대로 탄지로를 향해서 목도를 휘둘렀다.

"!!"

간신히 칼자루로 공격을 받아 냈지만, 곧바로 발차기가 날아왔다. 정통으로 맞은 탄지로는 뒤쪽으로 휙 날아갔다.

"굼떠. 약해. 미숙해. 그런 건 사내가 아니야."

소년은 탄지로를 내려다보며 단호하게 말했다. 그 착한 탄지로도 이번만은 화가 치밀어서 응수했다.

"갑자기 무슨 짓이야?!"

"너야말로 뭘 하고 있는 것이냐?"

"뭐긴… 단련을….""

"언제까지 땅바닥에 엉덩방아를 찧고 있을 테냐? 경계태세도 취하지 않고."

"!!"

확실히 그 말이 맞았다. 만약 이 소년이 적이었다면 이미 한참 전에 살해당했을 것이다.

탄지로는 벌떡 일어났다. 소년이 살짝 끄덕였다.

"자, 덤벼라."

"하지만… 넌 목도고 난 진검이잖아."

사람에게 칼을 겨누는 것에 탄지로는 아직도 저항감이 있었다. 그러나 그 말을 들은 소년은 큰 소리로 웃었다.

"이거야 원!! 걱정해 줘서 퍽이나 고마운데? 넌 내게 부상을 입힐 거라 생각하고 있구나?"

다음 순간에는 간격 안쪽으로 뛰어들어와 있었다. 목도의 일격이 탄지로의 목을 노렸다. 어떻게든 또 칼자루로 막아 내는 데는 성공했지만, 틀림없이 그건 소년이 일부러 봐줬기 때문이었다.

소년의 여우 가면이 불쑥 하고 코앞으로 다가왔다. 마치 탄지로를 비웃는 것처럼.

"진심으로 안심해라. 난 너보다 강하니까!! 바위를 벴거든!!"

'바위를 벴다고?!'

그런 일이 가능하다고?! 탄지로는 숨을 삼켰다.

"넌 아무것도 익히지 않았고! 아무것도 네 것으로 만들지 못했어!"

이번에는 정강이를 걷어차여서 꼴사납게 나자빠졌다. 소년은 겨우겨우 낙법을 취해서 비틀비틀 일어나는 탄지로를 차갑게 내려다봤다.

"특히나 우로코다키 씨에게 배운 호흡술. '전집중의 호흡'."

'우로코다키 씨를 알고 있네?! 호흡도….'

되물을 여유조차 없었다. 소년에게는 그런 빈틈이 전혀 보이지 않았다.

"넌 그걸 지식으로서 익힌 것뿐이야. 네 몸은 아무것도 모르고."

소년이 목도를 연속으로 휘둘렀다. 위에서, 옆에서, 아래에서.

"네 피와 살에 박아 넣어라! 더욱! 더욱! 더더욱!! 우로코다키 씨가 가르쳐 준 모든 비법을 절대 잊어버리지 않게! 골수까지 박아 넣어!!"

칼을 들고 달려들었지만 전부 튕겨 냈고 소년은 피했다.

그 날쌘 몸놀림은 마치 바람과도 같았다.

"하고 있어! 매일 하고 있다고! 필사적으로!!"

하지만 전혀 되질 않아! 라고, 탄지로는 비명처럼 외쳤다.

"앞으로… 나아갈 수가 없어, 더 이상은!"

그것은 탄지로가 이제야 처음으로 토로한 넋두리였다. 소년은 그 우는소리를 목도로 때려잡듯이 더욱 거세게 공격해 왔다.

"전진해!! 사내라면! 사내로 태어났다면!"

목도가 자비 없이 탄지로의 어깨를, 몸통을 덮쳤다. 탄지로는 더 이상 목도의 속도를 따라갈 수 없었다.

"덤벼라!! 네 힘을 보여 줘!!"

"으아아아아!!"

마지막 발악으로 달려든 순간, 소년의 목도가 바로 아래쪽에서 빛줄기처럼 솟구쳤다. 턱에서 강렬한 아픔이 느껴졌고, 더는 아무것도 생각할 수 없게 됐다.

그 후로 시간이 얼마나 지났을까.

"괜찮아?"

누군가의 목소리가 바로 옆에서 들려왔다. 탄지로는 벌떡 일어났다.

"아까 그거 봤어?!"

그 사람이 누구인지는 상관없었다. 좌우간 자신이 느낀 것을 이야기하고 싶었다.

"엄청난 일격이었어! 군더더기 동작은 조금도 없고! 정말로 깔끔했어!!"

손쓸 도리도 없이 당했건만, 탄지로는 마냥 흥분 상태였다. 몸이 아프든 말든 상관없었다.

"나도 그렇게 되고 싶어! 될 수 있을까? 그렇게…!"

"틀림없이 될 수 있어. 내가 봐 줄 거니까."

그렇게 말하면서 미소 지은 건 여자아이였다. 빨간색 꽃무늬 기모노를 입고, 머리 위에 여우 가면을 비스듬히 매달고 있었다. 체구는 네즈코보다 작을지도 모른다. 웃는 얼굴이 귀여웠다.

"넌… 누구야?"

그제야 탄지로는 그렇게 물었다.

그 소녀는 '마코모'라고 했다. 그리고 그 소년은 '사비토'라고 가르쳐 주었다.

더욱이 '마코모'는 내 나쁜 점들을 지적해 주었다. 쓸데없는 동작이나 이상한 버릇들을 고쳐 주었다.

왜 그렇게 해 주는 것인지, 어디서 왔는지, 물어봐도 알려 주지 않는다.

"우린 우로코다키 씨가 너무 좋아."

이 말은 마코모의 입버릇이었다.

사비토와 마코모는 비슷하게 생긴 여우 가면을 쓰고 있지만, 남매는 아니라고 했다. 고아였던 자신들을 우로코다키 씨가 키워 줬다고 한다.

"애들은 우리 말고도 더 있어. 항상 탄지로 널 지켜보고 있지."

마코모는 그런 말을 하며 웃었다. 탄지로는 영문을 모르겠어서 고개를 갸웃거렸다.

마코모는 약간 특이한 아이였다. 하는 말이 두루뭉술하다.

게다가 사비토와 마찬가지로 냄새가 전혀 나지 않았다.

"'전집중의 호흡'은 온몸의 혈액 순환과 심장 고동을 촉진시켜. 그러면 체온이 껑충 뛰어서 인간의 몸으로 도깨비처럼 강해질 수 있지."

마코모는 그렇게 말했다.

"무조건 폐를 크게 키워야 해. 피 속에 공기를 잔뜩 집어넣어서 피가 깜짝 놀랐을 때, 뼈와 근육은 부리나케 뜨거워지고 강해지거든."

이해하기가 어려웠다. 어떻게 해야 잘 할 수 있을지를 묻자, 마코모는 웃었다.

"죽도록 단련해야 해. 결국 그거 외엔 할 수 있는 게 없을 거야."

팔과 다리가 찢어질 것처럼, 폐와 심장이 터질 것처럼 칼을 휘둘렀다.

매일. 매일. 동이 트고 한밤중까지.

여름이 지나고, 가을이 찾아왔다. 양손에는 피물집이 생겼다 터지기를 되풀이했고, 그때마다 손바닥은 두껍고 딱딱해졌다.

머리카락이 자라고, 키도 자랐다. 팔도, 다리도 굵직해졌다.

그리고도 사비토를 이길 수 없었다.

반년이 흐를 때까진.

사기리산에 또다시 눈이 쌓였다. 이곳에 오고 세 번째로 맞는 겨울이다.

그날, 내가 도전하러 가자 사비토는 진검을 들고 있었다.

"반년 만에야 겨우 사내다운 얼굴이 됐구나."

사비토는 진검을 뽑으며 그렇게 말했다.

"오늘이야말로 꼭 이길 거야."

탄지로 역시 조용히 진검을 다잡았다.

'전집중의 호흡'.

깊고, 깊게.

몸의 구석구석까지 열이 전해지고, 타는 듯이 뜨거워졌다.

그러나, 마음은 물처럼 고요했다. 귀가 밝아지고, 시야가 맑게 걷히면서 모든 것이 선명해졌다.

그리고 무엇보다도 탄지로는 냄새를, '허점의 실'의 냄새를 알아볼 수 있게 됐다.

누군가와 싸울 때, 그 냄새를 감지하면 '실'이 보인다.

'실'은 탄지로의 칼날에서 상대방의 허점과 연결되어 있고,

그것이 보인 순간 팽팽하게 당겨진다.

탄지로의 칼날은 그 실에 힘껏 당겨 들어가 허점을 파고든다.

사비토가 크게 휘두른 순간, 그의 여우 가면 이마에 실이 보였다.

탄지로는 망설임 없이 진검을 휘둘렀다.

그리고, 그때 처음으로.

탄지로의 칼날이 먼저 사비토에게 닿았다.

여우 가면은 두 동강이 나서 땅에 떨어졌다.

탄지로는 처음으로 사비토의 얼굴을 봤다.

사비토는 역시 탄지로 또래의 소년으로, 여우 가면과 같은 부위, 즉 오른쪽 입가부터 뺨에 걸쳐서 흉터가 있었다.

내가 이겼을 때, 사비토는 웃었다.

울먹이는 듯, 기뻐하는 듯, 안심한 듯한 미소였다.

옆에서 지켜보던 마코모도 싱긋 웃었다.

"…꼭 이겨야 해, 탄지로. **그놈도.**"

그렇게 말하고 마코모는 사라졌다.

정신을 차리고 보니 사비토는 사라지고 없고,

분명 사비토의 가면을 베었던 탄지로의 칼은 그 바위를 두
동강으로 벤 뒤였다.

제 4 화 망령

　'최종 선별'이 열리는 '후지카사네산'은 그 이름대로 수많은 등나무에 에워싸여 있었다.

　아직 이른 봄인데도 원래는 초여름에 피는 보라색과 흰색 꽃송이가 무수히 드리워져서 진한 꽃향기를 풍기고 있었다.

　"널 최종 선별에 내보낼 생각은 없었다."

　바위를 벴다고 보고했을 때, 우로코다키는 그렇게 말하며 탄지로에게 사과했다.

　"더 이상 아이가 죽는 꼴은 보고 싶지 않았거든. 네가 그 바위만은 벨 수 없을 줄 알았건만…."

살짝 떨리는 손으로 탄지로의 머리를 쓰다듬으면서 우로코다키는 말했다.

"애 많이 썼구나. 탄지로, 넌 대단한 아이야."

그런 다음, 탄지로를 세게 껴안았다.

"'최종 선별' 반드시 살아 돌아오너라. 나도, 네 누이동생도 여기서 기다리고 있을 테니."

탄지로는 그 따스한 품을 떠올리면서, 기모노의 소매 끝을 꼭 쥐었다.

목숨을 건 시험에 임하는 제자에게 우로코다키는 자신이 늘 입는 것과 똑같은, 흐르는 물과 구름 문양의 기모노를 지어 주었다. 그리고 그가 직접 깎아 만들었다는 여우 가면을 건넸다.

"액막이 가면이다. 나쁜 일들로부터 널 지켜 줄 거야."

그 여우 가면의 이마에는 탄지로의 화상 자국과 같은 부위에 붉은 태양 문양이 그려져 있었다.

그리고 또 하나. 무엇보다도 중요한 것은 귀살용 칼이었다.

"도깨비의 급소는 목. 그러나 일반적인 날붙이로는 목을 베어 봤자 죽일 수 없다. 귀살대가 가진 칼은 특별한 강철로 만들어졌고, 그 이름은 '일륜도(日輪刀)'다."

우로코다키는 그렇게 설명하면서 자신의 칼을 탄지로에게

들려줬다.

"최종 선별에서 합격하면 너 자신의 칼을 받을 수 있어. 그때까지는 내 칼로 싸우거라."

계속 잠들어 있는 네즈코를 우로코다키의 집에 맡겨 두고, 탄지로는 이 후지카사네산까지 찾아온 것이다.

'이렇게나 많구나….'

산 중턱, 등나무꽃으로 둘러싸인 광장에는 어림잡아 20명 정도의 젊은이들이 모여 있었다. 대부분이 탄지로와 비슷한 나이대의 남자였지만, 개중에는 여자도 몇 명 보였다. 얼굴과 몸에 흉터가 있는 사람도 많았다.

이윽고 해가 저물어서 주변이 어둠에 휩싸인 무렵, 초롱불 불빛 2개가 광장을 향해 걸어왔다.

"여러분, 오늘 밤 최종 선별에 모여 주셔서 감사합니다."

초롱을 들고 있는 건 8살 정도로 보이는 2명의 소녀였다. 같은 무늬의 후리소데*를 입고, 등나무꽃 머리 장식을 달고 있었다.

....

※후리소데 : 미혼 여성이 입는 전통 예복.

이렇게나
많구나…

얼굴이 똑같이 생겨서 아마도 쌍둥이 같았지만, 한 명은 검은머리이고 다른 한 명은 하얀머리였다.

"이 후지카사네산에는 귀살 검객 여러분이 생포한 도깨비들이 갇혀 있고, 밖으론 나가지 못합니다."

"산기슭부터 중턱에 이르기까지 도깨비들이 싫어하는 등나무꽃이 1년 내내 흐드러지게 피어 있기 때문이죠."

두 소녀는 나이에 걸맞지 않은 어른스러운 말투로 번갈아 이야기했다.

"하지만 이 앞쪽에는 등나무꽃이 피어 있지 않아 도깨비들이 있습니다. 이 안에서 7일간 살아남는 것."

"그것이 최종 선별의 합격 조건입니다."

그렇게 말하고 소녀들은 동시에 머리를 조아렸다.

"그럼, 다녀오세요."

"야, 야, 넌 저쪽으로 가! 이놈은 내가 먹을 거야!"

"아니, 네놈이 꺼져!"

산속으로 들어간 지 얼마 되지도 않아서 탄지로 앞에 도깨비가 나타났다. 심지어 2명이었다.

"내 사냥감이야!"

"닥쳐! 그냥 먼저 죽인 쪽이 먹으면 되지!"

도깨비들은 둘 다 젊은 남자였고, 옥신각신하면서 탄지로에게 달려들었다.

'난데없이 2명…! 과연 해치울 수 있을까?'

아니, 해치우는 거야. 해치우지 않으면 내가 당한다.

'전집중, 물의 호흡.'

배운 것을, 사비토와의 단련을 떠올리면서 호흡에 신경을 집중시켰다.

'실 냄새!'

보였다. 허점의 실.

팽팽하게 당겨진 실의 끝을 향해 탄지로는 칼을 겨눴다.

"제4형(型)! 들이친 파도!"

일륜도의 푸른 도신이 물보라처럼 빛나며 도깨비를 덮쳤다.

물의 호흡의 10가지 형태 중 제4형은 거대한 파도를 충돌시키는 것처럼 적 여러 명을 한꺼번에 베는 기술이다.

탄지로가 휘두른 칼의 궤적은 파도가 되어 도깨비 2명의 목을 순식간에 베어 냈다.

'베었다! 도깨비를 이겼다….'

강해졌다. 탄지로는 칼을 꽉 쥐었다. 눈가에 눈물이 맺혔다.

'단련은 헛수고가 아니었어. 제대로 익힌 거야….'

도깨비들은 마치 다 타 버린 종잇조각처럼 까맣게 변색되어 파스스 허물어져 내렸다. 그들이 입고 있던 기모노도 순식간에 색을 잃고 실밥으로 돌아가더니 바람에 날려 흩어졌다.

'우로코다키 씨가 준 칼로 목을 베면 뼈도 안 남네….'

몹시 측은하게 느껴졌다. 이제는 작은 조각에 불과한 기모노 파편이 하늘하늘 흔들리고 있는 땅바닥을 향해서 탄지로는 두 손을 모았다.

'…부디 성불하세요.'

조용히 눈을 감고 도깨비들을 위해서 기도했다. 그 순간.

"윽!!"

별안간 어디선가 코를 찌르는 냄새가 풍겨 왔다.

'뭐지, 이 썩은 냄새는….'

냄새가 나는 쪽을 쳐다봤다. 그러자 갑자기 나무들 사이에서 누군가가 비명을 지르며 튀어나왔다. 탄지로와 같이 최종 선별에 참가 중인 소년이었다.

"왜 거대한 이형이 있는 거야? 이런 얘긴 못 들었는데!"

그렇게 외치는 소년을 뒤쫓듯이 어둠 속에서 나타난 것은….

"뭐… 뭐야… 저건….'

도깨비, 인가?

그것에게서는 인간의 형태를 찾아볼 수 없었다.

팔이, 크기도 다양한 몇십 개나 되는 팔이 마구 뒤엉키는 것처럼 하나의 덩어리가 되어 있었다. 아래쪽 손은 발의 역할을 대신했고, 위쪽 손은 제각기 꿈틀거렸다.

그중 하나는 사람을 들고 있었다. 목이 짓이겨져서 이미 죽었음을 한눈에 알 수 있었다.

그 도깨비의 팔 몇 개가 뒤틀리면서 하나의 거대한 팔로 변하더니, 마치 큰 뱀처럼 쑤욱 뻗어나서 도망치는 소년의 발목을 붙잡았다.

"크아아아악!"

도깨비는 공중에 거꾸로 매달려서 발버둥 치는 소년을 자기쪽으로 끌어당겼다.

탄지로는 퍼뜩 정신을 차렸다.

'주눅 들지 마! 어서 구해! 구해! 구해!'

다리와 손이 덜덜 떨렸다. 이런 것이 존재하다니. 그치만….

'난 더 이상 무력하지 않아! 움직여!!'

"물의 호흡 제2형! 물방아!!"

물보라를 일으키는 격렬한 회전 베기 기술을 써서, 탄지로는 간신히 그 두꺼운 팔을 잘라 냈다. 붙잡혀 있던 소년이 땅바닥에 나동그라졌다.

탄지로는 그를 감싸듯이 칼을 겨누고서 이형 도깨비를 노려봤다.

뒤엉켜 있는 손 덩어리. 그 위쪽에 자그마한 머리 같은 것이 보였다.

켜켜이 겹쳐진 손 사이로 2개의 금색 눈알이 빙그르 움직여서 탄지로를 내려다보는가 싶더니 웃는 것처럼 가늘게 휘었다.

"또 왔구만. 나의 귀여운 여우가."

"…여우?"

탄지로는 우로코다키가 준 여우 가면을 머리에 쓰고 있었다. 그걸 말하는 것일까.

"여우 꼬맹이. 지금은 메이지 몇 년이냐?"

손 도깨비는 갑자기 질문을 던졌다. 탄지로는 어리둥절해졌다. 메이지 시대는 끝났다. 바로 몇 년 전에.

"지금은 다이쇼 시대야."

의아해하면서 그렇게 대답하자 도깨비는 갑자기 울부짖었다.

"아아아아아!! 연호가!! 연호가 바뀌었어!!"

몇 개나 되는 손으로 땅바닥을 쿵쿵 구르고 몸을 마구 꼬면서 도깨비는 외쳤다.

"또야!! 또!! 내가 이런 곳에 갇혀 있는 동안! 아아아아아!!"

"용서 못 해, 용서 못 해!"라며 도깨비는 핏발이 선 눈알을 데굴데굴 굴렸다.

"우로코다키 놈! 우로코다키 놈! 우로코다키 놈! 우로코다키 놈!!!"

"어떻게 우로코다키 씨를….''

탄지로의 말에 도깨비는 분노에 찬 눈으로 그를 노려봤다.

"알다마다!! 날 잡은 게 그놈이니까! 잊히지도 않아, 무려 47년 전! 그놈이 아직 도깨비 사냥을 하고 다니던 시절이지! 에도 시대… 게이오 시절이었어!"

'도깨비 사냥… 에도 시대?!'

확실히 47년 전이라면 아직 에도 막부 시대 말기였다. 그렇게 옛날부터 이 도깨비는 이곳에…?

"거짓말!"

소리친 사람은 탄지로가 아니라 뒤에서 떨고 있던 방금 전의 소년이었다.

"그렇게 오래 산 도깨비는 여기에 있을 리 없어! 여기엔 인간을 2, 3명 잡아먹은 도깨비밖에 집어넣지 않아! 선별 때 베일 놈이랑, 도깨비는 서로 잡아먹으니까, 그래서…."

"하지만 난 줄곧 살아남았지. 등나무꽃 감옥 안에서."

도깨비는 웃었다.

"50명은 족히 잡아먹었어, 꼬맹이들을."

"50명!!"

탄지로는 아연실색했다. 이곳에 오기 전에 우로코다키에게 들은 이야기를 떠올린 것이다.

'기본적으로 도깨비의 힘은 사람을 잡아먹은 숫자에서 온다.'

우로코다키는 그렇게 말했다.

'많이 먹을수록 강해지는 건가요?'

'그래. 힘은 커지고, 육체를 변화시켜 요망한 주술을 부리는 자도 나오지. 너도 코가 좀 더 밝아지면 도깨비가 몇 명이나 잡아먹었는지 알게 될 거다.'

'그런가… 이 무시무시한 악취는 이 도깨비가 그만큼 많은 사람을 잡아먹었다는 뜻!'

도깨비는 할 말을 잃은 탄지로를 내려다보면서 수많은 손을 살랑살랑 흔들며 뭔가를 세기 시작했다.

"그래… 분명. 12, 13… 그리고."

몇 개의 손으로 동시에 탄지로를 가리켰다.

"네가 14번째야."

"?! 무슨 소리야?"

"내가 잡아먹은 우로코다키의 제자 수 말이야. 그놈의 제자
는 전부 죽여 버리기로 결심했거든."

도깨비는 키득키득 웃었다. 매우 즐거운 듯이.

"어디 보자… 특히나 인상이 깊게 남은 건 두 명이지. 그 두
명."

수많은 손바닥들이 파닥였다.

"희귀한 머리색을 가진 꼬맹이였는데 개가 제일 강했어. 누
리끼리한 분홍빛 머리카락을 가졌고, 입에는 흉터가 있었지.
다른 한 명은 꽃무늬 기모노를 입은 여자애였어. 덩치도 작고
힘도 없지만, 아주 재빨랐지."

'사비토와 마코모?!'

탄지로의 얼굴이 창백해졌다.

'이 도깨비한테 죽은 거야? 하지만 난 그 둘과….'

아아, 하지만 분명히, 마지막으로 만났을 때 마코모는 말했

다.

'…꼭 이겨야 해, 탄지로. **그놈**도.'

그놈이란 바로 이 도깨비였나.

그런가. 그랬구나. 그래서, 그래서 둘 다 아무런 냄새도 나지 않은 거였어.

"표식이야, 바로 그 여우 가면이."

도깨비는 신난 목소리로 말을 이었다.

"난 우로코다키가 조각한 가면의 나뭇결을 기억하고 있거든. 그놈이 쓰고 다니던 텐구 가면과 같은 방식으로 파서 '액막이 가면'이라고 했던가? 그걸 쓰고 있는 바람에 다들 잡아먹혔지."

분노로 머릿속이 새하얘졌다. 눈앞이 어질어질하고 숨이 가빠졌다.

"전부 내 배 속에 있어. 우로코다키가 죽인 거나 마찬가지야."

도깨비는 웃었다. 몸 전체를 흔들면서. 실로 흉겹게.

"이 얘길 했을 때, 여자애는 엉엉 울며 분노했지. 그 후에 바로 동작이 엉성해지는 바람에. 후후후후, 후후훗. 그래서 콱 붙잡아서 팔다릴 잡아 찢어발기고, 그리고."

탄지로는 도약했다. 이 이상 두 사람을 모욕하게 놔두지 않으리라.

도깨비가 뻗은 몇 개나 되는 손을 칼로 베면서, 탄지로는 본체를 향해 달려들었다.

'진정해, 탄지로! 호흡이 흐트러졌어! 이제 상관하지 마, 우리 일은!'

어디선가 사비토의 목소리가 들린 것 같았다. 그러나 다음 순간, 탄지로는 도깨비의 거대한 손에 맞아 튕겨나가고 말았다.

뒤에 있던 나무에 세게 충돌한 탄지로는 정신을 잃었다. 여우 가면이 산산이 부서졌다.

"후후후… 우로코다키 놈… 꼴좋다….''

도깨비는 거대한 몸을 흔들면서 천천히 탄지로에게 다가갔다.

'형!'

귓가에 들린 건 동생 시게루의 목소리.

그래. 질 수 없어. 이런 곳에서 죽을 순 없다.

사비토와 마코모를 위해서. 이놈에게 잡아먹힌 수많은 아이들을 위해서. 우로코다키를 위해서.

네즈코를 위해서. 엄마와 동생들을 위해서.

내가 반드시 이놈을 쓰러트린다!

눈을 번쩍 떴다. 코앞까지 들이닥친 도깨비의 손들을 재빨리 피하면서 탄지로는 벌떡 일어섰다. 일어나는 동시에 칼을 휘둘러서 손 여러 개를 잘라냈다.

그러나 도깨비의 손은 베고 또 베어도 끝이 없었다. 금방 새로 자라나서 숫자를 늘렸다.

'대체 어떡하면… 어?!'

그때, 탄지로는 알아챘다.

'흙에서 이상한 냄새가 나!!'

예측한 대로, 탄지로의 바로 아래쪽 땅속에서 손이 튀어나왔다.

탄지로는 높이 뛰어올라 그 손을 피했고, 공중에서 몸을 비틀면서 그대로 박치기를 먹었다.

"전집중, 물의 호흡!"

냄새가 났다. 허점의 실의 냄새가.

실은 팽팽하게 당겨졌고, 도깨비의 머리 밑에 닿았다.

마치 동산 같은, 몇 개나 되는 손들이 방패 역할을 하는 도깨비의 두꺼운 목.

그러나 그것이 얼마나 단단하든, 얼마나 두껍든 간에 지금의 자신이라면 벨 수 있을 터였다.

"제1형! 수면 베기!!!"

바람이 소용돌이치는 듯한 소리가 났다.

'이 소리. 그때, 그놈도 똑같은 소릴 냈다.'

도깨비는 자신에게 달려드는 탄지로를 올려다보면서 떠올렸다.

47년 전의 그날. 텐구 가면을 쓴 남자가 자신에게 달려든 순간을.

"우로코다키!!!"

좌앙!

얼음처럼 차가운 감촉이 목덜미에서 느껴졌고, 다음 순간, 도깨비는 이미 땅바닥에서 자신의 몸이 무너져 내리는 걸 보고 있었다.

'제기랄, 제기랄! 제기라아알!! 죽는다!!'

몸이 죽어 가는 것을 막을 수 없었다. 도깨비는 이제 고개의 방향을 돌릴 수도 없었다.

눈앞에 그 꼬맹이가 서 있었다. 자신의 목을 벤, 우로코다키의 제자가.

꼬맹이가 돌아섰다.

아아, 보고 싶지 않아. 마지막 순간에 도깨비 사냥꾼의 얼굴 따위 보기 싫어.

보나마나 저놈도 더러운 걸 쳐다보는 눈빛으로, 멸시하는 눈빛으로 날 쳐다보겠지.

그러나 꼬맹이는 슬퍼 보이는 표정을 짓고 있었다. 진심으로 동정하는 눈빛이었다.

그 눈을 본 순간, 도깨비의 머릿속에 문득 어린아이의 울음소리가 들려왔다.

"…어쩌다 이런 신세가. 형, 무서워…. 밤엔 외톨이야…. 내 손 좀 잡아 줘, 늘 그랬듯이."

저건 나인가?

"난 왜 형을 물어뜯어 죽인 걸까…."

형이 누구더라?

"형, 형, 손 좀 잡아 줘."

그래… 잡아 주길 바랐으니까, 나는 손을 가득 가득 만들어 낸 거야.

하지만, 이미 몸은 재가 되어 사라졌고, 손도 하나밖에 남지 않았어.

그때, 누군가가, 마지막으로 남은 그 손을 꼬옥 쥐었다.

"널 어떡하니. 언제까지고 이렇게 겁이 많아서야."

다정한 목소리. 잘 알던 목소리.

아아… 이제 갈 수 있다. 밤길을 걸어갈 수 있어.

손을 잡아 준 누군가가 돌아봤다. 낯익은 얼굴. 많이 좋아했던 누군가의 얼굴.

형이다, 라고 느낀 순간, 도깨비는 아무것도 생각할 수 없게 됐다.

"신이시여. 부디, 이 사람이 다음번에 태어날 땐 절대 도깨비 따윈 되지 않게 해 주세요."

탄지로는 도깨비의 손을 꼭 잡으며 기도했다. 이윽고 손은 후두둑 무너져서 사라져 갔다.

'사비토. 마코모. 이겼어. 이젠 안심해도 돼.'

탄지로는 마음속으로 중얼거렸다.

'죽은 다른 아이들도 분명 돌아가겠다는 약속대로 돌아갔겠지? 비록 영혼만이라도, 사랑하는 우로코다키 씨 곁으로. 고

형.

신이시여.
부디,

이 사람이
다음번에
태어날 땐

절대
도깨비 따윈
되지 않게
해 주세요.

향 사기리산으로.'

죽었다면 자신의 영혼도 돌아갔을 거라고 탄지로는 생각했다.

'네즈코와 우로코다키 씨가 있는 곳으로….'

탄지로는 비틀거리는 발걸음으로 마을의 논두렁길을 걷고 있었다.

무거운 다리를 질질 끌고, 산에서 주운 나무 막대를 지팡이 삼아 몸을 지탱하면서 탄지로는 필사적으로 우로코다키의 오두막집을 향했다.

최종 선별에서 탄지로가 해치운 도깨비는 그 손 도깨비를 포함해 8명.

그러나 그 어느 도깨비도 제대로 대화할 수 있는 상태는 아니었으며, 문답무용으로 탄지로를 죽이려 달려들 뿐이었다. 도깨비가 인간으로 돌아가는 방법을 물어볼 상황이 아니었다.

'미안해, 네즈코. 미안해.'

20명은 있었던 수험자들 중, 살아남은 건 고작 4명. 탄지로를 포함해 소년이 셋, 나머지 하나는 소녀였다. 손 도깨비가 나타났을 때 만났던 그 소년은 보이지 않았다.

'그때 내가 기절하는 바람에… 끝내 구해 주지 못했어….'

안내인 쌍둥이는 담담하게 입대 설명을 해 줬다. 대원복을 지급해 줬고, 어째선지 그때 탄지로의 손등을 간질였다. 계급을 새겨 준다는 말을 하긴 했는데, 솔직히 뭔지 잘 모르겠다.

귀살대의 대원 계급은 10단계로 나뉘며, 높은 계급에서 낮은 계급 순으로 갑, 을, 병, 정, 무, 기, 경, 신, 임, 계가 있다고 한다. 이제 막 입대한 탄지로와 동기들은 가장 밑인 계라고 했다.

'한시라도 빨리 돌아가고 싶은데 온몸이 너무 아파서 안 되겠어…. 지급받은 옷조차도 무거워….'

탄지로는 함께 합격한 세 사람을 떠올렸다. 그들 역시 자신처럼 무거운 다리를 끌면서 어딘가로 돌아갔을까.

한 명은 보기 드문 금발 소년. 줄곧 고개를 푹 숙인 채 "죽을 거야, 죽을 거야. 여기서 살아남아도 결국 죽을 거야."라고 중얼거렸다. 어지간히도 무서운 일을 겪은 것이리라.

다른 한 명은 얼굴에 큰 흉터가 있는, 눈매가 매서운 소년. 시종일관 귀살의 칼 일륜도에 집착했는데, 그 자리에서 칼을 지급받지 못함을 알자 쌍둥이 중 한쪽을 때려서 탄지로가 제지했다.

'하지만 합격자 중, 딱 한 명뿐인 그 여자애만은 내내 태연한 표정이었지….'

긴 머리카락을 머리 오른쪽으로 모아 묶고 나비 모양 머리장식을 단 소녀는 그런 소동에도 관심을 보이지 않았다. 그저 미소를 지은 채 주변을 날아다니는 나비와 장난을 치고 있었다. 탄지로는 물론이고 다른 2명도 만신창이였는데, 그녀만은 상처는커녕 기모노에 흙먼지 하나 묻어 있지 않았다.

'그 아이는 굉장히 강한 걸까…?'

언젠가 대화를 나눌 기회가 생기면 이것저것 물어보고 싶지만, 좌우간 지금은 집으로 돌아가고픈 마음뿐이었다.

꼬박 하루를 걸어서 해가 저물기 시작한 무렵, 탄지로는 마침내 우로코다키의 오두막에 다다랐다.

"도착했다…. 우로코다키 씨… 네즈코…."

휘청휘청 오두막으로 다가갔다. 고작 이레밖에 지나지 않았는데, 무척 오랜만에 오는 듯해서 반가웠다.

그런 생각을 하고 있을 때.

투캉! 하고 갑자기 굉음이 났다.

"어?!"

오두막 문이 안쪽에서 큰 힘을 받아 날아갔다. 그리고 누군가가 종종걸음으로 달려 나왔다.

"아앗!! 네즈코!!"

틀림없었다. 네즈코였다. 2년간 쭉 잠들어 있었던 네즈코다.

깨어났다. 걷고 있다.

"너… 깨어났구나?!"

네즈코도 탄지로를 발견했다. 재갈을 물고 있어도 표정이 환해진 것을 알 수 있었다.

이쪽으로 뛰어왔다. 탄지로도 달려가려 했지만, 다리가 엉켜서 넘어지고 말았다.

네즈코가 부축해 일으켰다. 그리고는 꼬옥 껴안았다.

따스한 누이동생의 품. 탄지로의 눈에 순식간에 눈물이 차올랐다.

"우와앙! 너 왜 갑자기 잠들어 버렸어? 계속 일어나지도 않고! 죽는 줄 알았잖아!!"

목이 터져라 외치면서, 탄지로는 동생에게 매달려 엉엉 울었다.

그런 두 사람을 다른 누군가가 한꺼번에 끌어안았다. 우로
코다키였다. 탄지로의 목소리를 듣고 집에서 나온 것이다.
　"용케 살아 돌아왔구나!!!"
　우로코다키의 목소리도 떨렸다. 크고 다부진 손이 남매를 힘
껏 감쌌다.

탄지로는 그 뒤로 한동안 네즈코를 껴안고, 우로코다키에게 껴안긴 채 소리 높여 울고 또 울었다.

"앗! 우로코다키 씨, 혹시 저 사람일까요?"

최종 선별에서 돌아오고 보름 후, 탄지로는 우로코다키의 오두막을 향해 걸어오는 사람을 발견하고 현관에서 달려 나갔다.

야마바카마[*]에 게타를 신은 그 남자는 낡은 두루마기 옷자락을 휘날리면서 천천히 이쪽을 향해 왔다.

삿갓을 깊숙이 눌러써서 얼굴이 보이지 않았다. 삿갓의 가장자리에는 10개는 되는 유리 풍경이 빙 매달려 있어서, 남자

※야마바카마 : 일할 때 입는 바지의 일종.

가 걸을 때마다 딸랑딸랑 소리를 냈다.

"난 하가네즈카라는 사람이다. 카마도 탄지로의 칼을 만든 사람이지."

'역시!'

최종 선별이 끝난 뒤에 그 쌍둥이는 살아남은 네 사람에게 칼을 만드는 데 사용할 옥강을 고르라고 했었다.

노송나무 받침대에 쭉 진열된 쇳덩어리 여러 개. 그 안에서 탄지로가 고른 쇠가 지금 칼로 제작되어 돌아온 것이다.

탄지로는 등을 꼿꼿이 펴고, 남자를 정중하게 맞이했다.

"카마도 탄지로는 접니다! 안으로 들어오시죠!"

그러나 하가네즈카는 다짜고짜 그 자리에 주저앉아서 등에 지고 온 세로로 긴 상자를 바닥에 내려놓더니, 보자기를 풀기 시작했다.

"이게 '일륜도(日輪刀)'다. 내가 만든 칼이야."

"저어… 안으로 들어오시죠. 차 내올게요."

탄지로의 말은 귓등으로도 안 듣는지, 하가네즈카는 오동나무 상자를 열고는 그 안에서 천으로 감싼 칼을 끄집어냈다.

"일륜도의 원료인 사철과 광석은 태양과 가장 가까운 산에서 나오는 '흑진홍 사철', '흑진홍 광석'. 태양빛을 흡수하는 철이다."

"저기… 보자기가 흙 땜에 더러워지겠어요."

"요우코산은 1년 내내 햇볕이 내리쬐는 산이지. 구름이 끼지도, 비가 오지도 않아."

자기가 하고 싶은 말만 계속하는 하가네즈카에게 탄지로는 결국 참지 못하고 큰 소리로 외쳤다.

"잠깐만요. 우선은 일단 일어서시지 않을래요? 땅바닥에서…."

그제야 그는 고개를 들고 탄지로를 바라봤다.

"우앗!"

삿갓 안쪽의 얼굴을 보고, 탄지로는 저도 모르게 소리를 냈다. 삐죽 튀어나온 입에 큼직한 눈알.

'오, 오뚝이! …가면?'

우로코다키는 텐구 가면이지만, 하가네즈카는 오뚝이 가면을 쓰고 있었다. 탄지로도 놀랐지만, 어째선지 하가네즈카도 깜짝 놀란 듯이 탄지로를 뚫어져라 쳐다봤다.

"아아, 넌 '혁작(赫灼)*의 아이'로구나? 이것 참 상서로운 일

※빛이 나 반짝거린다는 뜻.

일세그려."

"아뇨, 전 탄쥬로와 키에의 아들입니다."

"그런 뜻이 아니라."

하가네즈카는 탄지로의 볼을 손가락으로 꾹꾹 누르면서 말했다.

"넌 머리 색깔과 눈동자에 붉은 기가 감돌고 있잖니? 불 쓰는 일을 하는 집안에 그런 아이가 태어나면 상서롭다고 기뻐하거든."

"…그런가요? 미처 몰랐네요…."

탄지로네 가업도 대대로 숯구이였기에 불 쓰는 일이기는 하지만, 그런 이야기는 들어 본 적이 없었다. 분명 아버지도 머리카락과 눈동자 색이 이랬던 것 같았다.

"이거, 칼이 빨개질 수도 있겠는데? 안 그래? 우로코다키."

마침내 일어난 하가네즈카는 칼을 챙겨서 서둘러 오두막으로 들어갔다. 탄지로가 차를 준비하는 동안에도 빨리 칼을 뽑아 보라고 재촉했다. 어두운 방구석에서는 햇빛이 싫은 네즈코가 이불을 둘둘 감고 있었지만, 그것도 눈에 들어오지 않는지 신경 쓰는 기색이 전혀 없었다.

탄지로는 숨을 죽이고 칼을 집어 들었다.

'이게… 나의 일륜도….'

제법 묵직했다.

하가네즈카와 우로코다키가 지켜보는 가운데, 긴장하면서 조심스레 도신을 칼집에서 뽑았다.

"일륜도에는 '변색의 칼'이라는 별칭이 있는데, 주인에 따라 색깔이 변한단다."

하가네즈카가 말했다. 탄지로가 양손으로 칼자루를 쥐고 눈앞에 들어 올린 순간.

"!"

은색이었던 칼날이 점점 밑동부터 까맣게 물들어 갔다.

눈 깜짝할 사이에 끄트머리까지 까매졌다. 먹물에 담근 것처럼 깊은 칠흑.

"까매!"

"까맣군…."

하가네즈카와 우로코다키 모두 놀란 것 같았다.

두 사람에게서 실망한 기색이 역력하자 탄지로는 당황했다.

"어? 까마면 뭔가 안 좋은 건가요? 불길한 건가요?"

"아니, 그런 건 아니지만… 거의 보질 못해서, 칠흑은."

우로코다키는 웬일로 모호한 대답을 내놓았다.

하가네즈카는 에이씨! 하고 괴성을 지르더니, 느닷없이 탄지로에게 달려들어서 볼을 세게 꼬집었다.

"난 선명한 빨간 검신을 볼 수 있을 줄 알았는데!! 젠장할!!"

"아야얏! 위험해! 제발 고정하세요! 몇 살인데 이러세요?"

"서른일곱이다!"

이제는 주먹으로 때리기까지 하는 하가네즈카를 겨우 진정시키고 있을 때.

갑자기 커다란 까마귀가 창문을 통해서 푸드덕푸드덕 날아왔다.

"앗…! 너는 '꺾쇠 까마귀'…?"

귀살대 대원에게 한 사람당 한 마리씩 배정된다는 연락용 까마귀였다. 탄지로도 후지카사네산의 시험 후 한 마리를 받았는데, 지금까지 어디 있었던 걸까.

"까아악! 카마도 탄지로오오! 북서쪽 마을로 출동하라아아!!"

탄지로 앞에 내려앉은 까마귀는 사람의 말로 이야기하기 시작했다.

"도깨비 사냥꾼으로서 첫 일감이다!! 조심히 임하라아아!"

'…일감?!'

탄지로는 등을 쭉 펴고 자리를 고쳐 앉았다.

"북서쪽 마을에서어언 노녀들이 사라지고 있다아아! 매일 밤, 매일 밤, 노녀가 사라지고 있다아아!!!"

까마귀가 말한 '북서쪽 마을'은 산과 산 사이에 위치한 작은 마을이었다.

작다고 해도 탄지로가 살았던 지역의 마을과는 비교도 되지 않았다. 큰길에는 큰 상점들이 늘어서 있고, 행인도 많아서 북적북적했다.

처음 맡는 임무다. 탄지로는 살짝 긴장하면서 거리를 걸었다.

최종 선별 때 생긴 상처도 다 나았다. 이마의 화상 자국 위를 또 다치는 바람에 화염 모양의 검붉은 반점이 남고 말았지만, 더 이상 아프지 않았다.

귀살대의 대원복은 서양식 복장이 익숙하지 않은 탄지로에게도 무척 편했다.

검은색 깃달이 양장의 등에는 '滅(멸)'이라는 흰색 글자가 새겨져 있었다.

"귀살대의 대원복도 특별한 섬유로 되어 있다. 통기성은 좋지만 물에 잘 젖지 않고, 불에 잘 타지 않아. 잔챙이 도깨비의 손톱이나 이빨로는 이 대원복을 갈라 놓을 수도 없지."

우로코다키는 그렇게 말했다.

탄지로는 그 위에 예전부터 쭉 입고 다니는 두루마기를 걸쳤다. 어머니가 지어 준 검은색과 청록색의 바둑판 무늬 두루마기다. 사기리산에서 단련할 동안 많이 더럽히고 너덜너덜해진 것을 우로코다키 씨가 수선해 줬다.

허리춤에는 일륜도. 그리고 등에 짊어진 나무 상자에는 몸이 작아진 네즈코가 들어 있었다.

이 나무 상자도 우로코다키가 만들어 준 것으로, 매우 가벼운 '안개구름 삼목'이라는 나무를 사용한 데다 '바위 옻칠'로 바깥쪽을 단단히 굳혀 놔서 강도도 높아졌다고 했다.

네즈코는 낮 동안 쭉 잠만 잔다. 며칠간 일어나지 않을 때도 종종 있었다.

네즈코는 인간의 피와 살을 먹는 것 대신 잠으로 체력을 회복할지도 모른다는 것이 우로코다키의 억측이었다.

탄지로는 천천히 주변을 둘러보면서 해가 저물기 시작한 큰길을 걸었다.

옛날부터 있었던 역참 마을 같았다. 거리의 풍경은 아름다

웠고, 오가는 사람들도 살림이 넉넉해 보였다.

정말로 이런 곳에 도깨비가?라는 생각을 하면서 걷는데, 문득 앞쪽에서 걸어오는 젊은 남자에게 눈길이 갔다.

나이는 스물 정도 됐을까. 고급스러운 기모노 차림인데, 얼굴에는 얻어맞은 듯한 멍이 여러 개 있었다. 다리에 힘도 없어서 휘청거렸다. 비틀비틀 걷는 모양새가 마치 몽유병 환자 같았다.

탄지로는 걸음을 멈추고, 그 남자를 눈으로 좇았다. 그러자 근처 상점의 처마 밑에서 부인들 몇 명이 소곤소곤 이야기하는 소리가 들려왔다.

"저것 봐, 카즈미 씨야. 가엾게도 저렇게 초췌해져선…."

"하필 같이 있을 때 사토코가 납치당했으니."

'…납치당했다고?'

탄지로는 귀를 쫑긋 세웠다. 부인들은 말을 이었다.

"매일 밤, 매일 밤, 기분 나빠서 못 살겠어…. 아아, 정말 싫다."

"밤이 오면 또 젊은 처자가 납치당하겠지?"

'틀림없어. 이거다.'

탄지로는 몸을 돌려서 점점 멀어지고 있는 조금 전의 남자를 불러세웠다.

"카즈미 씨! 잠시 말씀 좀 여쭙고 싶은데, 괜찮을까요?"

갑자기 자신을 부르는 소리에 카즈미는 힘없이 뒤돌아섰다.

"여기서 사토코 씨가 사라졌어."

카즈미가 탄지로를 데려간 곳은 고요한 고급 주택가였다.

넓은 정원이 딸린 일본 가옥이 여러 채 늘어서 있고, 골목 양쪽에는 판자 울타리가 이어졌다.

카즈미는 그저께 밤, 약혼자인 사토코를 집까지 바래다주면서 이 길을 지나갔다. 초롱을 든 카즈미가 앞장섰고, 그녀는 한 발짝 뒤에서 따라왔다.

"분명히 그때까지는 사토코 씨가 있었어. 내 얘기를 듣고 웃어 줬다고. 그런데."

문득 뒤를 돌아보니, 사라지고 없었다고 한다.

"사토코 씨의 조리 한 짝과 손주머니가 떨어져 있었어. 아무 소리도 안 나고, 기척도 없었는데 말이야. 믿어 주지 않을지 몰라도."

"믿습니다!"

탄지로는 딱 잘라 말했다. 카즈미는 놀란 듯이 눈을 동그랗게 떴다.

분명 아무도 그의 말을 믿어 주지 않았으리라. 얼굴의 명도 사토코의 아버지에게 얻어맞아서 생긴 것이라고 했다.

"믿고 말구요!! 믿어요!"

탄지로는 느닷없이 그 자리에 바짝 엎드렸다. 코를 땅바닥에 대고 냄새를 맡았다.

'희미하게 도깨비의 냄새가 남아 있는데… 드문드문하다고 해야 될지… 느낌이 좀 이상해….'

집중했다. 이 냄새는 어디로 이어지고 있는가, 지금 도깨비는 어디에 있는가.

"?!"

갑자기 냄새가 진해졌다. 도깨비가 어딘가에서 모습을 드러낸 것이다.

탄지로는 단숨에 달려 나갔다. 카즈미가 뭐라고 말하면서 따라오는 것 같았지만, 돌아볼 여유는 없었다.

담벼락을 발판 삼아 지붕으로 뛰어올라 주변을 둘러봤다. 지붕 위를 달린 다음 뒤쪽 골목에 착지했다.

'여기다!! 지금 여기에 있어!!'

두 종류의 냄새가 났다. 도깨비와 인간 여자.

기척을 살폈다. 주변에는 아무도 없었다.

'하지만 냄새가 가장 진한 자리는.'

그곳은 바로 지금 탄지로가 밟고 서 있는 장소였다.

"여기다!!"

일륜도를 지면에 꽂아 넣자, 크아악! 하는 비명이 들렸다.

검은 안개 같은 것이 뿜어져 나왔다. 동시에 지면에도 검은 얼룩이 퍼져갔다.

"!"

물이 들끓는 것 같은 꿀렁꿀렁 소리와 함께 얼룩 속에서 기모노가 보였다. 하얀 얼굴이 빼꼼 떠올랐다.

젊은 인간 여자였다. 탄지로는 재빨리 땅속으로 손을 집어넣었다. 마치 그곳만 물로 바뀐 감각. 진흙으로 된 늪 같았다.

여자를 늪에서 끌어올리자, 그걸 쫓듯이 손톱이 날카롭게 자란 손이 튀어나왔다.

간발의 차로 탄지로는 여자를 안고 뒤로 펄쩍 뛰어올랐다.

'이능력 도깨비!!'

탄지로는 우로코다키에게 들은 이야기를 떠올렸다.

도깨비 중에는 '혈귀술(血鬼術)'이라는 특수한 술법을 쓰는 자들이 있다. 이능력의 종류는 도깨비마다 다르지만, 술법을 쓸 줄 아는 도깨비는 강한 도깨비라고 했다.

　'이게 이 도깨비의 혈귀술. 땅속에 모습을 숨기고 사람을 납치하는구나….'

　이윽고 도깨비의 상반신이 불쑥 나타났다. 젊은 남자 도깨비. 이마에 뿔이 3개 돋아나 있고, 눈동자가 없는 새빨간 눈이었다.

　탄지로는 도깨비를 쏘아봤다.

　"납치한 여인들은 어디에 있지?! 그리고 두 가지만 물어보겠다…."

　뿌득, 뿌득, 뿌득!!

　갑자기 듣기 싫은 소리가 울려 퍼졌다.

　'이, 이를 가는 건가?'

　이마에 핏대를 세운 도깨비가 이를 갈고 있었다. 너무나도 무시무시한 소리에 어안이 벙벙해진 사이, 도깨비는 꿀렁… 하는 물소리를 내면서 땅속으로 사라져 버렸다.

　"…도깨비… 정말로…?"

　뒤쪽에서 들리는 목소리에 홱 돌아서자 카즈미가 그 자리에 얼어붙어 있었다. 모퉁이를 돌아서 따라온 것이다.

탄지로는 아차 싶었지만, 어쩔 도리가 없었다.

"카즈미 씨, 이 사람을 안고 옆에 서 계세요! 제 간격 안쪽에 계시면 지켜 드릴 수 있으니!"

구출한 여성을 카즈미에게 맡기고 일륜도를 다잡았다.

'아마도 지면이나 벽이라면 어디서든 튀어나올 수 있을 것이다. 아무것도 없는 공중에서 튀어나올 가능성도 있어….'

신경을 곤두세우고 기척을 더듬었다.

'하지만 이 도깨비는 숨어 있는 동안에도 냄새를 지우지 못한다!!'

도깨비의 냄새가 다시 진해졌다.

'왔다!!'

"물의 호흡 제5형…."

그때, 바로 밑에서 6개의 팔이 튀어나왔다!

'3명!!!'

완벽하게 똑같은 얼굴을 한 도깨비가 3명. 그들이 동시에 탄지로를 붙잡으려고 달려들었다.

'진정하자! 할 수 있어!!'

재빨리 기술을 바꿨다. 발밑에 있는 여러 명의 적에게 전부

유효한 형태.

"제8형 용소(龍沼)!!"

콰과과광 하고 쏟아져 내리는 폭포수 같은 참격을 발밑에 힘껏 때려 박았다.

'얕게 들어갔다!!'

모든 도깨비의 급소에서 빗나갔다. 중간에 기술을 바꿨기 때문이다.

도깨비들은 순식간에 땅속으로 들어가 사라졌다. 탄지로는 카즈미도 챙기면서 다시 주변을 경계했다.

'세 놈 다 완전히 똑같은 냄새. 기본적으로 도깨비는 무리 지어 다니지 않는다고 들었다. 한 도깨비가 세 명으로 분열된 거야.'

카즈미와 정신을 잃은 여성, 두 사람을 지키면서 도깨비 셋을 베어야 한다. 과연 할 수 있을까.

'…주눅 들지 말자.'

탄지로는 자신을 북돋았다.

'기필코 알아내야 해, '키부츠지 무잔'에 대해!!'

그것은 우로코다키가 알려 준 이름.

인간을 도깨비로 바꿔 놓을 수 있는 피를 가진 도깨비는 이 세상에 오직 한 놈뿐이라고 했다.

즉, 그놈이 탄지로 가족의 원수라고.

그 도깨비의 이름은 '키부츠지 무잔'.

지금으로부터 천 년도 더 전에 가장 처음 도깨비가 된 자.

더욱이 그놈이라면 네즈코를 인간으로 되돌릴 방법을 알고 있을 거라 사료된다, 라는 말도 덧붙였다.

'도깨비를 그냥 해치우기만 해서는 안 돼. 키부츠지 무잔이 있는 장소를, 그리고 도깨비를 인간으로 돌려놓는 방법을 기필코 알아내는 거야!!'

다음 순간, 등 뒤에서 기척이 느껴졌다. 카즈미의 발밑에서 도깨비 하나가 튀어나오려 했다.

"전(全)집중 물의 호흡! 제2형 물방아!!"

회전 베기 기술은 도깨비의 가슴을 갈랐지만, 또 얕게 들어 갔다. 치명상에는 미치지 못했다.

접근하는 탄지로의 칼날을 피하면서, 도깨비가 흐르는 물처럼 빠르게 뒤쪽으로 도망쳤다.

'깊이 쫓아 들어갈 수 없어…. 남을 지키면서 싸우려니 칼도 힘껏 휘두를 수 없고!'

이를 가는 탄지로에게 별안간 도깨비가 고함을 쳤다.

"네 이노오오옴! 방해하지 마라아아아!! 계집의 선도가 떨어지잖아!!"

"서… 선도?"

"그 계집은 이제 막 열여섯 살이 됐다구! 빨리 먹지 않으면 시시각각 맛이 떨어진단 말이다!!"

되도 않는 논리에 어이가 없어진 탄지로 일행의 오른쪽 후방에서 또 다른 도깨비가 지면 위에 나타났다.

"냉정하게 굴어, 나. 때론 괜찮지. 이런 밤이 좀 있어도."

역시 다들 같은 얼굴이었다. 그러나 자세히 보니 이마에 난 뿔의 개수가 달랐다. 계집의 선도가 떨어진다며 난리를 치는 도깨비는 2개. 그를 타이르는 도깨비는 1개였다. 그리고 아까 봤던 세 뿔 도깨비는 왼쪽 후방의 지붕 위에서 이를 갈면서 모두를 내려다보고 있었다.

외뿔 도깨비가 여유로운 미소를 지으면서 말했다.

"이 마을에선 열여섯 살짜리 계집을 많이 먹었으니. 하나같이 살집도 좋고 맛있었지. 난 대만족이야."

"난 만족스럽지 않아, 난!! 아직 더 먹고 싶다고!!"

쌍뿔 도깨비가 소리쳤다. 분열되면서 지성과 욕망도 나눠 가진 듯했다.

"이 괴물…. 그저께 밤에 납치해 간 사토코 씨를 내놔."

카즈미가 용기를 쥐어짜내서 떨리는 목소리로 말했다. 외뿔 도깨비는 그를 조롱하듯이 고개를 갸웃거렸다.

"사토코? 누굴 말하는 거지?"

그러고는 오른손으로 자신의 기모노 앞섶을 풀어헤쳐서 안 감을 보여 줬다. 거기에는 여성용 비녀나 빗들이 주렁주렁 매 달려 있었다.

"이 수집품들 중에 그 계집의 비녀가 있다면 이미 잡아먹은 건데?"

카즈미의 안색이 바뀌었다. 고풍스러운 비녀들 사이에서 유 독 눈에 띄는 빨간색 리본은 틀림없이 사토코가 머리에 달고 있던 것이었다.

탄지로도 분노에 차서 눈앞이 캄캄해졌다. 죽은 식구들의, 도깨비로 변한 네즈코의 얼굴이 떠올랐다.

그때, 탄지로의 발밑에서 세 뿔 도깨비가 튀어나왔다. 간신 히 피해서 팔 하나를 베었지만, 본체는 또다시 땅속으로 숨어 버렸다.

'또 빗나갔다! 땅속으로 도망치는 속도가 빨라!'

자세를 바로잡기도 전에 이번에는 옆쪽 벽에서 쌍뿔 도깨비가 나타났다. 겨우겨우 피했다. 그러나 빈틈을 주지 않고 발밑에서 또 다른 도깨비의 팔이 뻗어 나왔다.

역시 혼자서 셋을 상대하기는 힘에 부쳤다. 카즈미의 곁에서 떨어질 수도 없어서 탄지로는 고전했다.

"전집중 물의 호흡."

기술을 펼치기도 전에 바로 뒤에서 쌍뿔 도깨비가 달려들었다. 피하기에는 늦었다!

그렇게 생각한 순간.

타앙! 하고 탄지로가 짊어진 상자가 열리더니, 그 안에서 튀어나온 하얀 다리가 쌍뿔 도깨비의 목을 걸어찼다. 너무나도 강력한 일격에 목은 몇 바퀴나 회전해서 부러졌고, 쌍뿔 도깨비는 땅바닥에 쓰러졌다.

네즈코였다. 잠에서 깨어난 네즈코는 원래의 체격으로 돌아와서 천천히 상자 밖으로 나왔다.

"…어째서 인간 주제에 도깨비를 데리고 다니는 거냐?"

외뿔 도깨비가 경악하며 물었다.

탄지로도, 물론 카즈미도 무슨 일이 일어난 것인지 이해가
안 돼서, 그 자리에 있는 모두가 순간 할 말을 잃었다.

네즈코는 굳어 있는 카즈미에게 다가갔다. 그리고 살며시, 그
와 그에게 안겨 있는 여성의 머리카락을 부드럽게 쓰다듬었다.

탄지로는 눈을 크게 떴다.

'네즈코… 우로코다키 씨의 암시가 효과가 있구나.'

탄지로가 우로코다키 밑에서 단련한 약 2년간, 우로코다키
는 내내 잠들어 있던 네즈코에게 쭉 암시를 걸었다는 모양이다.

'인간은 모두 네 가족이다. 인간을 지켜라. 도깨비는 적이
다. 인간을 다치게 하는 도깨비는 용서하지 마라.'

카즈미와 여성을 바라보는 네즈코의 눈빛은 확실히 아직 인
간이었던 시절에 동생들을 바라볼 때와 똑같은, 다정한 장녀
의 눈빛이었다. 네즈코의 눈에는 그들이 어린 남동생과 누이
동생으로 보였는지도 모른다.

퍼뜩 정신을 차린 듯 세 뿔 도깨비가 네즈코에게 달려들었
다. 네즈코는 곧바로 다리를 번쩍 들어올렸다. 그러나 그 강렬
한 내려차기가 명중하기 직전에, 도깨비는 또 땅속으로 사라
졌다.

"네즈코!! 깊이 쫓아 들어가지 마!! 이쪽으로 돌아와!!"

탄지로가 외치자, 네즈코는 순순히 돌아왔다.

'네즈코는 지금 도깨비다, 탄지로. 말하자면, 네가 반드시 지켜 줘야 될 정도로 약하진 않아.'

우로코다키는 그렇게 말했다.

'그래, 만약 네즈코가 인간을 보호한다면… 나랑 같이 도깨비와 싸워 준다면.'

이곳을 맡겨도 괜찮을까? 여기서 네즈코가 카즈미와 여성을 지켜 준다면, 자신은 공격에 전념할 수 있다….

망설일 시간은 없었다. 또다시 도깨비의 냄새가 진해졌다. 바로 아래였다.

탄지로의 발밑으로 검은 얼룩이 퍼졌다. 지면이 진흙으로, 그리고 물로 변해 가는 감촉.

이대로 있다간 집어삼켜진다. 하지만 그건 오히려 잘된 일….

믿는 수밖에 없다. 네즈코를.

탄지로는 외쳤다.

"네즈코, 난 밑으로 내려갈게!! 저 두 사람을 지켜 줘!"

말을 마치는 것과 동시에 탄지로는 땅속으로 가라앉았다.

캄캄하다. 마치 탁한 물속 같았다.

도깨비가 만들어 낸 이공간 늪 속에는 뭔가가 둥실둥실 떠다녔다.

'이건… 납치당한 사람들의 옷가지와 소지품인가?'

열여섯 살 소녀들이 선호할 법한 아름다운 기모노와 오비들. 조리와 손주머니, 그런 것들이 한가득, 한가득.

'아무 죄도 없는 사람들을 이렇게나 많이 죽이다니!! 용서못 해… 용서 못 해!!'

"킥킥킥… 괴로우냐, 애송이?"

어디선가 도깨비의 목소리가 들렸다. 요란하게 이를 가는소리도.

"이 늪 속엔 공기도 거의 없단다! 게다가, 이 늪의 어둠은 몸에 착착 들러붙어 무겁고, 하하하하! 지상에서처럼 움직일 순없을걸? 쌤통이다! 어리석게도 네 발로 뛰어든 거야, 이 미련한 놈아!!"

도깨비는 둘이었다. 탄지로를 포위하듯이 주변을 빙글빙글헤엄쳤다.

'깔보지 마!! 내가 어디서 단련한 줄이나 알아?!'

사기리산 꼭대기는 공기가 훨씬 더 희박했다. 더욱이, 물속에서야말로 힘을 발휘하는 기술이 있었다.

탄지로는 일륜도를 다잡고 기회를 엿봤다.

두 도깨비는 엄청난 속도로 위아래로 움직이면서 탄지로의
혼을 빼놓으려 했다.

'늪 속에서 이런 각도로 움직일 수 있단 말이야? 하지만 상
관없어!! 공격하기 위해 접근해 왔을 때 베면 그만이니까!!'

발판도 없이 불안정한 이곳에서도 쓸 수 있는 기술. 상반신
과 하반신의 극렬한 '비틀기'로 강한 파동을 발생시키는….

'냄새가 온다!! 허점의 실!!'

"전집중 물의 호흡! 제6형 비틀린 소용돌이!!!"

탄지로의 주위에 격렬한 소용돌이가 발생했다.

소용돌이는 날카롭고 큰 칼날로 변해 두 명의 도깨비를 끌
어들이며 갈라놓았다!!

지상에서는 홀로 남은 쌍뿔 도깨비와 네즈코의 싸움이 아직
이어지고 있었다.

네즈코의 명중률 높은 발차기와 주먹이 쌍뿔 도깨비를 쉴
새 없이 몰아붙여서, 늪 속으로 도망칠 틈을 주지 않았다. 하
지만 싸움 경험이 많은 도깨비는 차츰 네즈코의 공격 유형을

파악해 갔다.

매섭게 휘두른 도깨비의 오른손이 네즈코의 이마를 찢었다. 주춤거리는 순간을 놓치지 않고 곧바로 팔을 쑥 뻗었다.

"그 낯짝에 바람구멍을 내 주마!!"

그러나 손톱이 닿기 직전, 탄지로가 뛰어들었다.

"내 동생한테 손대지 마!!"

일륜도가 번쩍이면서 도깨비의 남은 팔 한 쪽도 잘라 냈다.

"너희한테선 썩은 기름 같은 냄새가 나! 지독한 악취야! 도대체 사람을 얼마나 죽였길래!!"

바닥에 주저앉은 도깨비를 내려다보면서 탄지로는 소리쳤다.

도깨비는 엄니를 드러내며 외쳤다.

"계집들은!! 그 이상 살아 봤자 추하고 맛없어지기만 할 뿐이야! 그래서 **잡아먹어 줬다**!! 오히려 우리한테 감사해야지!"

머리로 피가 확 몰렸다. 어쩜 이리도 이기적인 궤변을 늘어놓는단 말인가.

탄지로는 반사적으로 억지스러운 변명을 지껄이는 그 입을 찢어발겼다.

"이제 됐어."

분노를 억누르고 칼날을 도깨비의 목에 들이댔다.

"키부츠지 무잔에 대해 아는 대로 털어놔."

그런데, 그 이름을 듣자마자 도깨비는 어린아이처럼 벌벌 떨기 시작했다.

"말 못 해!"

고개를 옆으로 세차게 저었다. 떼를 쓰는 아이처럼 다리를 버둥거리면서 도깨비는 뒷걸음질 쳤다.

"말 못 해! 말 못 해! 말 못 해!!"

뼛속까지 떨고 있는 듯한 공포의 냄새가 났다. 탄지로는 도깨비의 갑작스러운 태도 변화에 숨을 삼켰다.

"말 못 해애애애애!!"

도깨비의 팔이 재생해서 탄지로를 붙잡으려 했다. 탄지로는 하는 수 없이 도깨비의 목을 쳤다.

'아아….'

일륜도로 목이 잘린 도깨비의 몸은 곧바로 재처럼 우수수 무너져 내렸다.

'또 아무것도 알아내지 못했어.'

탄지로는 칼을 칼집에 넣고, 주변을 둘러봤다.

네즈코는 바로 옆의 담벼락에 기대앉아서 눈을 감고 있었다.

'…잠들었어.'

조금 전 도깨비에게 당한 이마의 상처는 벌써 거의 다 아물어 있었다. 회복하기 위한 잠일 것이다.

'미안하다… 미안해. 좀만 더 기다려 줘. 오빠가 반드시 인간으로 돌려놔 줄 테니까.'

탄지로는 네즈코를 상자에 넣은 다음, 이번에는 카즈미의 모습을 찾았다.

그 역시 약간 떨어진 담벼락 쪽에 주저앉아 있었다. 납치당했던 여성도 무사해 보였다.

"카즈미 씨… 괜찮으세요?"

탄지로가 말을 걸자, 카즈미는 눈물을 뚝뚝 흘리며 고개를 들었다.

"…약혼녀를 잃었는데 괜찮을 것 같아…?"

힘없는 목소리에 탄지로는 입술을 꽉 깨물었다. 그것은 2년 전의 자신의 모습이었다.

"잃고 또 잃어도 살아가는 수밖에 없어요. 아무리 충격이 커도."

"네가 뭘 알아?! 너 같은 어린애가!!"

카즈미는 탄지로의 멱살을 잡았다. 탄지로가 그 손을 살며시 잡자, 카즈미는 깜짝 놀라 숨을 삼켰다.

탄지로의 두툼한 손. 몇 번이나 물집이 생겼다 터지기를 되풀이해서, 바위처럼 딱딱해진 손바닥의 감촉을 통해 모든 것을 알아차렸으리라.

"전 이만 가 보겠습니다. 이걸."

탄지로는 카즈미의 손에 도깨비의 옷 조각을 쥐여 줬다. 그곳에는 그 외뿔 도깨비가 자랑스럽게 보여 줬던, 살해당한 여성들의 머리 장식들이 매달려 있었다.

"이 안에 사토코 씨의 소지품이 있어야 할 텐데."

카즈미는 떨리는 손으로 그걸 받아들었다. 고개 숙여 인사하고 등을 돌리는 탄지로에게 카즈미는 울면서 사과했다.

"미안하다!! 심한 말을 해서!! 부디 용서해 다오! 미안해…."

이미 날이 밝기 시작했다. 어슴푸레하게 밝아진 골목길에서 탄지로는 카즈미에게 손을 흔들고 걸음을 내디뎠다.

'나쁜만이 아니야. 도대체 얼마나 많은 이를 죽이고 상처 주고 괴롭힌 거야….'

탄지로는 주먹을 불끈 쥐었다.

'키부츠지 무잔. 난 널 절대로 용서하지 않겠다.'

"도… 도시는 이렇게나 발전해 있었구나!!"

탄지로는 네즈코의 손을 잡고 걸으면서 인파에 시달리고 있었다.

이곳은 도쿄 아사쿠사. 유명한 센소지[＊] 주변으로 극장과 흥행장이 늘어서 있고, 노면 전차가 달리는 대도시다.

"밤인데도 환해!! 건물 높은 것 좀 봐!! 뭐야, 저건?!"

길을 환하게 비추는 가로등과 가게 불빛. 배우의 이름을 물

※센소지 : 도쿄 내의 가장 큰 절.

들여 새긴 형형색색의 깃발들. 그 너머로 보이는 높은 벽돌 탑은 일명 '아사쿠사 12층', 료운카쿠라는 전망대였다.

넓은 도로에는 멋지게 차려입은 행인들로 가득했다. 탄지로는 이렇게 많은 사람들을 본 적이 없었다. 고향 축제 날에 모인 구경 인파도 이 인원의 몇십 분의 일 정도였을 것이다.

"도시란… 도시란…."

꺾쇠 까마귀의 정보에 의하면, 이 아사쿠사에 도깨비가 숨어 있다는 소문이 있나 보다. 그러나, 이런 곳에서 대체 무슨 수로 찾으면 좋단 말인가.

현기증이 난 탄지로는 휘청거리는 다리로 큰길을 벗어났다.

골목을 통해서 훨씬 한산한 강변으로 나온 다음 휴 하고 가슴을 쓸어내렸다.

길가에 우동 포장마차가 서 있었다. 탄지로는 그곳으로 비틀비틀 다가갔다.

"마즙 우동 주세요…."

"예이."

삭발머리의 사람 좋아 보이는 주인장이 솜씨 좋게 우동을 말아 줬다. 탄지로는 네즈코와 함께 가게 옆에 놓인 긴 의자에 앉았다.

그때였다.

코끝을, 전에 맡아 본 적 있는 냄새가 스쳐 갔다.

"!"

잊지 않았다. 이 냄새. 잊을 수 없었다.

이것은.

'우리 집에 남아 있던 냄새다!!'

자리에서 벌떡 일어난 탄지로는 꾸벅꾸벅 잠든 네즈코를 남겨 두고 달려갔다. 지나온 길을 되돌아가서, 인파를 헤치면서 냄새를 쫓았다.

집에 남아 있던 냄새. 어머니와 동생들을 죽인 도깨비의 냄새.

네즈코를 도깨비로 바꾼 그 상대의 냄새.

그것은 다름 아닌….

"키부츠지 무잔!!"

찾았다. 저기다. 저 남자.

탄지로는 키가 큰 그 남자의 어깨를 손으로 덥석 잡았다.

남자는 뒤돌아봤다. 말쑥한 양장. 흰색 중절모. 나이는 20대 후반으로 보였다. 여자처럼 오밀조밀한 이목구비였으나, 그의 동공은 분명히 고양이처럼 세로로 길었다.

'이놈이!!'

탄지로가 일륜도에 손을 가져간 그때.

"아빠."

어린 소녀의 목소리가 들렸다. 탄지로는 흠칫 놀라 손을 멈췄다.

"누구~?"

그 남자 키부츠지 무잔의 품에는 네댓 살 정도 된 소녀가 안겨 있었다. 동그란 눈을 크게 뜨고서 탄지로를 신기한 듯 쳐다봤다.

"저한테 뭔가 볼일이라도 있으신가요? 무척 다급해 보이시는데…."

키부츠지는 점잖은 목소리로 말했다. 온화한 미소를 지으면서.

오한이 들었다. 온몸에 소름이 돋았다.

'이놈… 이놈!! 이놈!! 인간 행세를 하며 살고 있구나!!'

"어머, 무슨 일이에요?"

옆에서 걷던 양장 차림의 부인도 걸음을 멈추고 다가왔다. 여자아이가 기쁜 듯이 "엄마." 하고 그녀를 불렀다.

인간이다. 여자와 소녀는 인간 냄새가 났다.

모르나? 전혀 모르나? 이놈이 도깨비라는 걸. 사람을 잡아먹는다는 걸.

그 자리에 서서 아무 말도 못 하는 탄지로를 보고, 부인은 키부츠지에게 물었다.

"아는 사이?"

"아뇨, 난처하게도 전혀… 모르는 아이예요. 사람 잘못 본 거 아닐까요?"

얼굴은 이쪽을 향한 채로 그렇게 말하면서 키부츠지는 갑자기 알아볼 수 없을 만큼 빠른 속도로 오른손을 휘둘렀다.

"!"

옆을 걸어가던 남자가 갑자기 목덜미를 감싸 쥐며 주저앉았다. 그 남자의 아내로 보이는 여성이 깜짝 놀라서 남자를 안아 일으키려 했다.

"위험해, 안 돼…!"

탄지로는 외쳤다. 그러나 이미 늦은 뒤였다. 남자는 느닷없이 여성의 어깨를 물어뜯었다.

"꺄아아아아악!"

비명이 울려 퍼지고, 일대가 술렁거렸다.

남자는 아내를 바닥에 쓰러트리더니, 이번에는 목덜미를 물려고 했다. 탄지로는 옆에서 뛰어들어서 남자를 떼어 냈다.

　도깨비다. 도깨비로 변했다. 탄지로는 재빨리 자신의 목도리를 풀어서 남자의 입을 틀어막고, 날뛰는 남자를 제압했다.

　'괜찮아, 반드시 어떻게든 해결하자! 부인의 상처는 치명상이 아니야. 이 사람은 아무도 죽이지 않았어.'

　사람들이 몰려왔다. 그 틈을 타서 키부츠지가 점점 멀어져 갔다.

　'제기랄!! 제기랄!!'

　지금 당장 쫓아가고 싶었다. 드디어 만난 가족의 원수. 모든 비극의 원흉.

　하지만.

　'그래도 이 사람을 놔두고 갈 순 없어…!!'

　탄지로는 머리를 들고서 인파 속으로 사라지려는 키부츠지의 뒷모습을 향해 소리쳤다.

　"키부츠지 무잔!! 난 널 놓치지 않아! 어디로 가든, 지옥 끝까지 쫓아가서 기필코 네 목에 칼날을 휘두를 테다!! 절대로 널 용서치 않아!!"

　사람들이 웅성거렸다. 구경꾼이 계속해서 몰려들었다. 키부츠지는 더 이상 보이지 않았다.

"당신들 뭣들 하는 거야? 술주정뱅이야?!"

탄지로 주위를 빙 둘러싼 구경꾼들을 헤치고 나타난 건 경찰관이었다. "떨어져, 물러서!"라고 사람들한테 호통을 치면서 탄지로에게 다가오려 했다.

"안 돼요! 구속 도구를 가져오세요! 제발요!"

탄지로는 외쳤지만, 경찰관들은 어이가 없다는 표정으로 탄지로를 내려다봤다. 단순한 싸움 정도로 여기는 것이다.

"소년을 떼어 내!"

"이러지 마!! **이 사람**이 아무도 죽이게 하고 싶지 않아!! 방해하지 말아 줘, 제발 부탁이니!!"

지금 탄지로가 손을 놓으면, 이 남자는 주위 사람들을 마구잡이로 물어뜯어서 잡아먹을 게 분명했다.

대체 어떡하면 좋을까. 탄지로는 그저 남자의 몸을 위에서 세게 누르면서 경찰관의 손을 뿌리쳤다.

"!"

갑자기 그 일대에 꽃향기가 자욱해졌다.

깜짝 놀라서 고개를 드니, 탄지로의 주변에 연분홍색 안개가 소용돌이치고 있었다.

그 안개를 타고 국화, 벚꽃, 매화, 모란, 갖가지 꽃들이 춤을 쳤다. 마치 호화롭게 꽃문양을 수놓은 옷감이 주위로부터 탄지로와 남자를 숨겨 주는 것 같았다.

"뭐야, 이 문양은?!"

"주위가 안 보여!"

경찰관들이 허둥대면서 비명을 질렀다.

어쩌면 이것은 키부츠지의 혈귀술, 모종의 공격인 것일까.

'큰일 났다….'

탄지로의 안색이 창백해진 순간.

"당신은 도깨비가 된 자에게도 '사람'이라는 말을 써 주시는 군요. 그리고 구해 주려 애쓰고 있고."

꽃 안개 속에서 나타난 건 기모노 차림의 아름다운 부인과 서생 복장의 청년이었다.

"허면 저도 당신을 도와드리죠."

부인의 오른 손목에서 피가 뚝뚝 떨어지고 있었다.

"혹혈(惑血)… 시각(視覺) 몽환향(夢幻香)."

그 피가 안개로 변하고, 꽃으로 변해 주변을 현혹시키는 것이었다.

"…왜요? 당신은… 당신의 냄새는…."

탄지로는 어리둥절해져서 물었다.

이 사람도, 옆의 젊은이도 도깨비였다. 그리고 이 꽃 안개는 이 사람의 혈귀술.

부인은 조용히 고개를 끄덕였다.

"네. 전… 도깨비지만, 의원이기도 하고… 그자, 키부츠지를 말살하길 원하고 있답니다."

키부츠지 무잔은 혼자서 인적이 드문 뒷골목을 걷고 있었다.

자신은 할 일이 있다면서 아내와 딸을 집으로 돌려보낸 다음, 방금 전의 그 큰길로 서둘러 돌아가는 중이었다.

그 소년. 그 소년의 귀고리는 낯이 익었다.

옛날 아주 먼 옛날. 그 귀고리를 단 도깨비 사냥꾼이 있었다.

'지옥 끝까지 쫓아가서 기필코 네 목에 칼날을 휘두를 테다!! 절대로 널 용서치 않아!!'

그렇다. 그건, 그건, 분명히….

퍽 하고 뭔가가 어깨에 부딪쳤다. 고개를 들자, 술주정뱅이 3명이 자신을 노려보고 있었다. 다른 생각을 하느라 미처 피하지 못하고 부딪쳐 버린 모양이었다.

"죄송합니다."

가볍게 고개를 숙인 다음 가던 길을 가려 했으나, 그중 한 명이 시비를 걸어 왔다.

"야, 거기 서!!"

"죄송하지만, 제가 좀 급해서."

그냥 좋게 넘어가고 싶건만, 젊은 남자는 술 냄새를 풍기면서 키부츠지에게 얼굴을 불쑥 들이밀었다.

"어이, 너 무척이나 좋은 옷 입고 있다? 맘에 안 들어. 면상은 창백해 가지고. 지금 당장이라도 죽게 생겼잖아?"

그 말이 키부츠지의 역린을 건드렸다.

팔을 한 번 휘두르기만 했는데도 눈앞에 있던 남자가 날아갔다. 벽돌로 된 벽에 세게 충돌한 남자는 축 늘어져 움직이지 않게 됐다.

"내 동생한테 무슨 짓이야?"

함께 있던 덩치 큰 남자가 덤벼들었지만, 그 역시 가벼운 발차기만으로 하늘 높이 솟구쳤다가 피를 뿜으면서 땅바닥에 떨어졌다.

"…내 안색이 안 좋아 보이나?"

혼자 남겨진 여자가 새파랗게 질린 얼굴로 서 있었다. 키부츠지는 여자를 벽 쪽으로 슬금슬금 몰아붙이면서 물었다.

"내 얼굴이 **창백**해? **병약**해 보여? **오래 못 살 것**처럼 보이나? **죽을 것**처럼 보여?"

여자는 벌벌 떨기만 할 뿐, 대답하지 못했다. 키부츠지는 다그치기는커녕 오히려 부드럽게 속삭이듯이 말을 이었다.

"틀렸어, 틀렸어, 틀렸어, 틀렸어. 난 한없이 완벽에 가까운 생물이야."

슥… 하고 여자의 이마에 오른손 검지를 갖다 댔다. 살짝 힘을 준 것만으로 손가락 끝이 쑤욱 하고 파고들었다.

"내 피가 대량으로 계속 주입되면 어떻게 되는지 알아?"

아무 소리도 못 내는 여자의 몸이 추한 몰골로 부풀어 올랐다.

"인간의 몸은 끝내 변모의 속도를 견뎌 내지 못하고 세포가 무너지지."

단말마의 비명을 남기고, 여자는 한낱 고깃덩어리가 되어 흐물흐물 무너져 내렸다.

그 광경을 차가운 눈빛으로 내려다보면서 키부츠지는 따악 하고 손가락을 울렸다.

순식간에 어둠 속에서 2명의 그림자가 나타나 키부츠지의 발밑에 무릎을 꿇었다.

"뭐든 분부만 하십시오."

"귀에 화투처럼 생긴 귀고리를 단 도깨비 사냥꾼의 목을 가 져와라. 알았지?"

그렇게 말하면서 키부츠지는 그림자를 향해 손짓을 했다.

우동 포장마차까지 돌아와 네즈코를 찾아서 다시 걸어가려 던 탄지로는, 으슥한 골목에 아까 만난 서생 차림의 청년이 서 있는 것을 보고 깜짝 놀랐다.

"기다려 주신 거예요? 제가 냄새로 따라갈 수 있는데….."

"눈속임 주술이 걸려 있는 곳에 있는데, 무슨 수로 따라와?"

청년은 언짢은 기색으로 말하더니 네즈코를 손가락으로 가 리켰다.

"그보다 도깨비잖아? 그 계집은. 심지어 추녀고."

탄지로는 순간 자신이 무슨 말을 들은 건지 이해가 되지 않 아서 어리둥절했다.

'추녀… 추녀? 못생겼다는 뜻인가? 누가?'

누구에게 한 말인지 고민해 봤자… 그 자리에 여자는 한 명 밖에 없었다.

"네즈코?! 추녀라니, 추녀라니!! 자세히 봐. 이 이목구비를! 우리 마을에서도 평판이 자자한 미녀였다구, 우리 네즈코는!"

청년은 열심히 반박하는 탄지로를 무시하고 걷기 시작했다. 탄지로는 납득할 수 없었다.

"좀 더 환한 데서 봐 줘! 그렇지, 이 재갈 때문일지도 몰라! 이걸 뺀 네즈코를 한 번만 봐 줘!"

목청이 쉬어라 항의하는 탄지로에게는 눈길도 주지 않은 채, 청년은 인적 없는 어두운 밤길을 성큼성큼 걸어갔다.

모퉁이를 여러 번 돌고, 어디를 어떻게 지나왔는지 헷갈리기 시작한 즈음, 탄지로 일행 앞에 나타난 것은 으리으리한 목조 서양관이었다.

현관문 위에 기묘한 눈이 그려진 부적이 붙어 있었다. 아무래도 그것이 눈속임 주술과 관련이 있는 듯했다.

"돌아왔습니다."

청년은 문을 열고 건물 안으로 들어갔다.

"……."

탄지로는 눈을 크게 뜨고 건물 안을 둘러봤다.

넓은 방의 벽에는 인체 해부도를 붙여 놨고, 골격 표본과 약품 선반이 놓여 있었다. 책상 위에는 현미경 같은 것들도 보였다. 확실히 이곳은 병원인 듯했다.

"어서 오세요."

안쪽 침대 옆에 조금 전의 부인이 앉아 있었다. 기모노 위로 소매가 달린 흰색 앞치마를 입었다.

침대에 누워서 잠들어 있는 사람은, 그때 키부츠지로 인해서 도깨비로 변한 남자의 아내였다.

"…아까는 떠맡기고 가서 죄송합니다. 그분은 괜찮은가요?"

탄지로가 묻자, 앞치마 차림의 부인은 고개를 끄덕였다.

"괜찮아요. 상처는 깊지 않습니다. 도깨비로 변한 남편분은 안됐지만 구속해서 지하 감옥에."

잠든 여성의 기모노는 어깨 부분이 피로 젖어 있었다. 그걸 보고 탄지로는 신기함을 느꼈다. 이 사람은 도깨비인데.

"…인간의 상처를 치료하다 보면 괴롭지 않으세요?"

별안간 옆의 청년이 명치를 때렸다.

"도깨비인 우리가 피와 살 냄새에 침을 질질 흘리면서도 꾹 참고 인간을 치료하고 있을 것 같아서?"

"그만하세요. 왜 폭력을 휘둘러요?"

부인이 일어나서 청년을 나무랐다. 청년은 순순히 물러섰지만, 여전히 탄지로를 노려보고 있었다.

"아직 이름을 밝히지 않았죠? 전 '타마요'라고 합니다. 그 아인 '유시로'구요. 사이좋게 잘 지내 주세요."

부인은 앞치마를 벗으면서 탄지로와 네즈코를 안쪽 방으로 안내했다.

"괴롭진 않아요. 일반 도깨비보다 훨씬 편할 겁니다. 전 제 몸에 손을 많이 대서 키부츠지의 저주도 풀었거든요."

키부츠지의 저주라는 게 뭘까. 게다가….

"모… 몸에 손을 대요?"

"인간을 잡아먹지 않고 살 수 있도록 해 놨답니다. 인간의 피를 소량 마시는 것만으로 충분해요."

"피를? 그건…."

약간의 단차가 있는 안쪽 방은 일본식 방이었다. 네즈코는 다다미 바닥이 기분 좋은지 곧바로 뒹굴뒹굴 굴러다니기 시작했다. 타마요는 탄지로에게도 편히 앉으라고 권하면서 이야기를 계속했다.

"불쾌하게 생각하실 수도 있지만, 금전에 여유가 없는 분들한테서 수혈이란 명목으로 피를 받고 있답니다. 물론 그들의 건강에 지장이 안 갈 정도의 양이죠."

'그렇구나…. 이 사람들한테서 도깨비 특유의 악취가 안 나는 이유가 그거였어.'

그래도 역시 사람 피는 필요하구나. 탄지로는 생각에 잠겼다.

'만약에 무슨 일이 있어도 필요해졌을 때, 피만이라면 네즈코한테도…. 아니, 그치만….'

"유시로는 훨씬 소량의 피로 충분하답니다. 이 아인 제가 도깨비로 만들었어요."

"네? 당신이?! 근데… 어?"

탄지로가 묻기도 전에 타마요는 대답했다.

"압니다. 키부츠지 외엔 도깨비를 늘릴 수 없는 걸로 알려져 있죠. 그건 대략 사실이에요. 2백 년이 넘도록 도깨비로 만드는 데에 성공한 건 유시로 단 한 명뿐이니까."

"2백 년이 넘도록 도깨비로 만드는 데에 성공한 건 유시로 단 한 명뿐?!"

너무 놀라서 타마요의 말을 그대로 복창하고 말았다.

"타마요 씨는 대체 몇 살인데요?!"

"여성한테 나이 물어보지 마, 이 무뢰한!!"

또다시 유시로의 손날이 날아왔다. 목을 제대로 가격당해서 탄지로는 콜록거렸다.

"유시로! 다음번에 또 그 아일 때리면 가만두지 않겠어요!"

타마요가 야단치자 유시로는 얌전해졌다. 보아하니 타마요의 말은 무조건 따르는 듯했다.

그것은 자신을 도깨비로 만든 상대이기 때문일까? 아니면….

"한 가지… 오해하지 말아 주셨으면 합니다. 전 도깨비를 늘리는 게 아니에요."

타마요는 소용히 말을 이었다.

"불치병이나 부상 등을 입고 여명이 얼마 남지 않은… 사람에게만 그런 처치를 해요. 그땐 반드시 본인에게 도깨비가 되더라도 연명하겠느냐고 물어본 다음에 하죠."

탄지로는 냄새를 맡았다. 타마요의 몸에서는 한 치의 거짓도 없는 청량한 냄새가 났다.

'이 사람은 믿을 수 있어….'

그리고 이 사람이라면 알지도 모른다.

도깨비이자, 의원이며, 자신의 체질까지 바꿀 수 있다는 이 사람이라면.

탄지로는 타마요에게 이제까지 자신과 네즈코에게 일어난

일을 모두 이야기했고 마지막에 질문을 던졌다.

"타마요 씨. 도깨비가 되어 버린 사람을 인간으로 돌려놓을 방법이 있나요?"

"도깨비를 인간으로 돌려놓을 방법은 있습니다."

타마요는 말했다.

"!! 가르쳐 주세…."

"가까이 오지 마, 타마요 님께!!"

유시로가 탄지로를 던졌다.

"유시로!"

"던진 겁니다, 타마요 님. 때리진 않았어요."

※테마리 : 손으로 치면서 노는 공.

"둘 다 안 됩니다."

못마땅한 표정의 유시로를 한 번 더 쏘아본 다음, 타마요는 다시 탄지로 쪽으로 고개를 돌렸다.

"어떤 상처든, 병이든, 반드시 약이나 치료법이 있어요. 다만 현 시점에는 도깨비를 인간으로 돌려놓을 수 없습니다."

낙담하려는 탄지로였지만, 타마요는 단호하게 말했다.

"허나 우린 반드시 그 치료법을 확립시키고 싶어요. 그걸 위해서 당신에게 부탁드리고 싶은 건 두 가지예요."

"…저한테요?"

타마요는 고개를 끄덕였다.

"첫째, 누이동생분의 피를 조사하게 해 주세요. 둘째, 가급적 키부츠지의 피가 진한 도깨비한테서도 혈액을 채취해 와 주세요."

타마요는 다다미 바닥에 누워 있는 네즈코에게 눈길을 보냈다.

"네즈코 씨는 지금 매우 희귀하고 특수한 상태입니다. 2년간 계속 잠들어 있었다고 했는데, 아마도 그때 몸이 변화한 걸 거예요. 보통 그만큼 오랫동안 인간의 피와 살이나 짐승의 살을 입에 대지 않으면 거의 틀림없이 흉포해지거든요. 그런데 놀랍게도 네즈코 씨에겐 그런 증상이 없습니다. 이 기적은 향후에 큰 열쇠가 될 거예요."

네즈코는 커다란 눈을 깜빡이면서 타마요의 얼굴을 바라봤다.

이야기를 듣는다기보다는, 그저 소리가 나는 쪽을 쳐다본다는 느낌이었다. 도깨비가 된 이후로 네즈코는 깨어 있을 때에도 마치 어린아이처럼 행동하게 되었다.

탄지로는 네즈코의 머리카락을 살며시 어루만졌다. 네즈코는 그 손을 꼭 잡고서 기쁜 듯이 자기 뺨에 대고 비볐다.

타마요는 괴로운 표정으로 눈을 내리깔았다.

"또 다른 부탁은 아마 가혹한 일이 될 겁니다…. 키부츠지의 피가 진한 도깨비란, 곧 키부츠지와… 보다 가까운 힘을 가진 도깨비라는 뜻이니까요. 그런 도깨비한테서 피를 빼앗기란 쉬운 일이 아니죠. 그래도 당신은 그 부탁을 들어주실 건가요?"

탄지로는 수긍했다.

"…그 외에 다른 길이 없다면 무조건 해야죠. 타마요 씨가 많은 도깨비의 피를 조사해 약을 만들어 주신다면, 네즈코뿐만이 아니라 훨씬 더 많은 이들이 목숨을 건지지 않겠어요?"

그렇게 말하자 타마요는 살짝 놀란 얼굴이었다가 살포시 웃었다.

"…그렇겠죠."

그 아름다운 미소에 탄지로는 저도 모르게 넋을 잃고 그녀를 바라봤다.

또다시 유시로의 안색이 바뀌면서 탄지로에게 호통을 치려는데….

"?! 큰일이다!!엎드려!!"

유시로가 갑자기 타마요를 안고 바닥에 엎드렸다. 탄지로도 재빨리 네즈코를 부둥켜안았다.

뭔가가 벽을 뚫고 방 안으로 날아왔다. 그것은 엄청난 기세로 벽과 천장을 깨부수고 다시 튀어오르기를 반복하며 날아다녔다.

"테마리?"

방바닥에 떨어진 건 아름다운 색실로 칭칭 감긴 테마리였다.

"푸하하핫! 야하바 말이 맞네! 아무것도 없던 곳에서 건물이 나타났어!"

여자 목소리가 들렸다.

돌아보니 처참하게 허물어진 벽 너머, 진료소 앞마당에 기모노 차림의 단발머리 소녀가 서 있었다. 양손으로 테마리를 통통 튕기면서 꺄르륵 웃었다.

'도깨비? 고작 테마리를 던져서 집을 이만큼 파괴한 거야…?!'

여자 도깨비는 요란스럽게 웃으면서 또다시 테마리를 이쪽으로 던졌다. 테마리는 방 안을 종횡무진 날아다니면서, 마치 쇠공 같은 위력으로 벽과 가구 등을 엉망진창으로 넘어트리고 깨부쉈다.

"!"

타마요를 감싸며 일어난 유시로를 노리는 것처럼, 테마리가 공중에서 급회전으로 방향을 틀었다. 정통으로 맞은 유시로의 머리가 날아갔다.

"유시로 씨!"

"푸하핫! 한 명 죽였다!"

여자 도깨비는 신난 듯이 웃었다.

'이제껏 만난 도깨비들과는 냄새가 확연히 다르다…!! 강한 놈인가…? 진한 냄새야. 폐 속에 들어오니 묵직해!!'

"…네즈코! 안쪽에 잠들어 있는 여자를 안전한 바깥쪽으로 옮겨!"

탄지로의 말을 듣고 네즈코가 서둘러 달려갔다.

도깨비는 일륜도를 뽑아서 겨누는 탄지로를 빤히 쳐다봤다.

"귀고리를 단 도깨비 사냥꾼이 너구나?"

'!! 날 노리고 있는 건가?!'

"타마요 씨! 몸을 숨길 수 있는 곳으로 물러나 계세요!"

뒤쪽을 보며 외쳤지만, 유시로의 몸을 안은 타마요는 단호하게 고개를 저었다.

"탄지로 씨, 우린 신경 쓰지 말고 싸우세요. 안 지켜 주셔도 됩니다. 도깨비니까."

다시 테마리가 날아왔다. 피해도 테마리는 휘어졌다.

탄지로는 호흡에 집중해서 10형 중에서 가장 빠른 찌르기 기술을 펼쳤다.

"제7형 물방울 파문 찌르기·곡(曲)!"

탄지로의 일륜도가 한 점을 꿰뚫었다.

칼날에 꿰어서 움직임을 막았다고 생각한 순간, 테마리는 세차게 떨리더니 칼날에 박힌 채로 탄지로의 머리를 때렸다.

"?! 어떻게 움직이는 거지? 이 테마리!"

칼을 휘둘러 테마리를 떨궈 내면서 탄지로는 머리를 굴렸다.

'유시로 씨에게 명중했을 때도 부자연스러운 방식으로 꺾였다.'

특별한 회전이 걸려 있는 것도 아니었다. 테마리에는 아무런 공작도 해 놓지 않은 것 같은데.

그때, 뒤쪽에서 유시로의 성난 목소리가 들렸다.

"타마요 님!!"

깜짝 놀라서 흘겨보자, 타마요가 안고 있는 유시로의 몸에서 새로운 머리가 자라나는 중이었다. 아직 절반 정도밖에 재생되지 않았지만, 입이 생기자마자 유시로는 타마요에게 설교를 늘어놓기 시작했다.

"제가 그랬죠? 처음부터 도깨비 사냥꾼과는 엮이지 말자고! 제 '눈가리개' 주술도 완벽하진 않다구요! 당신도 그건 알고 있잖아요!"

소리치는 사이 점점 머리가 완성되어 갔다.

"건물이나 사람의 기운, 냄새는 가릴 수 있지만, 존재 자체를 없앨 순 없으니, 인원수가 늘어날수록 흔적이 남아 키부츠지에게 걸릴 확률도 높아진다는 것을!"

'도깨비가 이만큼 가까이 왔는데도 공격당할 때까지 냄새가 나지 않았다. 유시로 씨의 혈귀술이었나…?'

"난 당신과 둘이서 지내는 시간을 방해하는 자가 싫어요! 너무 싫어! 용서할 수 없어!!"

그러나 도깨비는 그 말을 들으면서 또다시 카랑카랑한 목소리로 웃었다.

"뭔가 떠들어 대고 있군! 재미있다, 즐거워! 십이귀월(十二鬼月)인 이 스사마루 손에 죽는 걸 영광으로 여겨라!!"

"십이귀월?"

처음 듣는 단어에 당황하는 탄지로에게 타마요가 날카롭게 말했다.

"키부츠지의 직속 부하예요!"

스사마루는 힘을 자랑하듯 깔깔깔 웃었다. 기모노를 풀어헤쳐서 상반신을 드러내자, 양쪽 겨드랑이에서 뿌득뿌득 소리를 내면서 팔이 2개씩 더 자라났다.

팔 6개짜리 괴물로 변한 스사마루는 각각의 팔에 테마리를 하나씩 쥐고 들더니, 동시에 던졌다. 6개의 테마리가 정신없이 방 안을 튀어다녔다.

탄지로는 신경을 집중해서 테마리 하나하나를 확실하게 베려 했다. 그러나 테마리는 베어도 멈추지 않았다. 두 동강이 난 채로 탄지로에게 날아와 충돌했다.

'베어 버리면 위력은 떨어진다. 그래도 내 몸에 명중한다.'

피 냄새는 두 종류. 도깨비는 두 놈이었다. 조금 전에 스사마루도 야하바라는 이름을 언급했다. 아마도 그 도깨비가 조력하는 중이었다.

'그 녀석의 냄새로 위치도 알아. 하지만.'

그걸 알아낸다 한들, 마구잡이로 날아다니는 이 테마리는 속수무책이었다. 테마리는 스사마루의 손에서 무한으로 생성되기 때문에 베어도, 베어도 끝이 없었다.

자신에게 날아온 테마리 하나를 '물방울 찌르기'로 간신히 막았다. 그러나 그 사이 다른 테마리 여러 개가 타마요와 유시로를 덮쳤다.

'…큭, 틀렸다. 감싸 줄 여유가 없어!'

갈팡질팡하는 탄지로에게 타마요는 피범벅이 되면서도 외쳤다.

"우린 어차피 치유되니까 신경 쓰지 마세요!"

머리의 절반이 또 날아간 유시로도 속이 부글부글 끓어서 못 참겠다는 듯이 소리쳤다.

"야, 얼간이 도깨비 사냥꾼!! **'화살표'**를 보면 방향을 알 수 있어!"

'화살표?!'

무슨 소리지? 어리둥절해하는 탄지로를 보고 유시로는 혀를 찼다.

"화살표를 피해!! 그러면 테마리 계집의 목 정돈 벨 수 있을 거야! **내 시각을 빌려줄게!!**"

뭔가가 날아왔다. 눈 같은 그림이 그려진 부적이었다. 이 저택 현관에 붙여 놨던 것과 똑같은.

그 부적이 탄지로의 이마에 달라붙은 순간!

"보인다!!"

피처럼 붉은 화살표가 몇 개나 공중에 띠처럼 휘날리고 있었다. 꼬불꼬불 구부러져서 꿈틀거리는 화살표를 따라서 테마리가 움직이는 것이었다.

'이 화살표로 테마리의 궤도를 움직이고 있었던 거구나!!'

"유시로 씨, 고마워요! 내 눈에도 화살표가 보여!"

탄지로는 겨우 침착함을 되찾았다. 그러자 네즈코가 이리로 달려오는 게 보였다.

"네즈코! 나무다! 나무 위야!!"

탄지로는 마당 가장자리의 큰 나무를 가리켰다.

곧바로 뛰어오른 네즈코는 나무 위에 숨어 있던 남자 도깨비를 걷어차서 떨어트렸다.

그 사이에도 스사마루는 끊임없이 테마리를 만들어 내서 던졌다. 하지만 탄지로는 더 이상 겁내지 않았다.

"물의 호흡 제3형 유유(流流) 춤!!"

넘실거리는 물처럼 춤추는 기술로 모든 테마리의 궤도를 읽어서 하나도 남김없이 처리했다. 그대로 스사마루의 코앞까지 날아가 6개의 팔을 베어 버렸다.

"타마요 씨. 이 도깨비 두 놈은 키부츠지와 가까운가요?!"

"필시."

"그렇다면 반드시 이 둘한테서 피를 뽑아낼게요!!"

그러나, 그렇게 말하는 와중에도 스사마루의 팔은 6개 모두 재생했다. 고막을 찌르는 웃음소리가 울려 퍼졌다.

'선별 때 만난 도깨비보다 회복이 훨씬 빨라!!'

그곳에 별안간 네즈코가 날아왔다. 남자 도깨비에 의해 튕겨진 것이다.

간신히 받아 냈을 때, 다시 스사마루의 테마리가 날아왔다. 네즈코를 안은 채 옆으로 펄쩍 뛰어서 피하는 게 고작이었다.

"도깨비 사냥꾼!! 넌 일단 화살표 남자부터 해치워!!"

앞마당으로 뛰어나온 건 유시로와 타마요였다. 마침내 몸이 다 회복된 모양이었다.

"테마리 여자는 우리와 누이동생이 맡을 테니까!"

필시.

이 도깨비 두 놈은 키부츠지와 가까운가요?!

타마요 씨.

그렇다면 반드시 이 둘한테서 피를 뽑아낼게요!!

"……!! 알았어요!!"

네즈코에게 절대 무리하면 안 된다고 당부한 다음, 유시로 일행 쪽으로 보냈다. 자신은 화살표 도깨비 야하바를 향해 돌진했다.

'피를 채취하자!! 반드시 채취하고야 말겠어!!'

조금이라도 빨리 약을 완성시키기 위해서.

'그 어떤 도깨비와도 싸울 거야!! 싸워서 이길 거야!!'

나무 밑에 야하바가 서 있었다. 머리카락을 짧게 깎은 젊은 남자 도깨비. 목에는 구슬 여러 개를 펜 장신구를 걸었고, 눈을 감고 있었다.

"보인다!! 허점의 실!!"

야하바의 목과 이어진 실로 탄지로는 칼을 휘둘렀다.

"정말 더러운 어린애로군. 내 옆에 다가오지 마라."

야하바는 눈을 감은 채 양손을 들었다. 그 손바닥에 큼직한 눈이 있었다.

그 눈이 깜빡인 순간, 허점의 실이 끊겼다. 내리친 탄지로의 칼은 허공을 갈랐다.

"?!"

별안간 강력한 힘에 의해 몸이 뒤쪽으로 튕겨져 나갔고, 바로 뒤에 있던 정원수에 충돌했다.

야하바가 얼굴 앞으로 든 양손의 눈이 찡긋찡긋 하고 깜빡일 때마다 탄지로의 몸은 위아래로 이리저리 잡아당겨졌다.

그 화살표가 탄지로의 몸을 조종하는 것이다. 정원수에, 벽에, 땅바닥에 패대기쳐졌다.

"어떠냐, 나의 '홍결(紅潔)의 화살'은?"

'좀 아프다!! 아니, 이건… 상당히 아프다!!'

진료소 지붕을 까마득히 넘는 높이까지 들려 올려지는가 싶더니, 갑자기 화살표가 사라졌다. 탄지로는 수직으로 추락했다.

'기술을!! 기술을 꺼내 충격을 완화시키자!!'

"제8형! 용소(龍沼)!!"

지면을 향해 일륜도를 휘둘렀다. 세찬 물보라 같은 파동이 발생해서, 그 반동으로 간신히 목숨을 건졌다. 그러나 낙법까지 완벽하게 취하진 못해서, 땅바닥에 꼴사납게 넘어지고 말았다.

어질어질한 머리를 들자, 네즈코가 스사마루를 상대하는 모습이 눈에 들어왔다.

스사마루가 던지는 테마리를 아슬아슬하게 피하고 돌진했다. 그 다리 쪽으로 테마리가 또 날아왔다. 네즈코는 그걸 차

버리려고 자세를 잡았다.

"걷어차면 안 돼!!"

타마요가 외쳤지만, 한발 늦었다. 테마리를 찬 네즈코의 오른다리가 잘려 나갔다. 넘어진 네즈코를 스사마루가 발로 차서 날려 버렸다.

"네즈코 씨!"

진료소 벽에 격돌한 네즈코에게로 타마요가 달려갔다.

"스사마루. 그쪽에 있는 건 '도망자' 타마요구나? 이건 좋은 선물이 되겠는데?"

야하바의 말을 들은 스사마루는 상체를 뒤로 젖히고 6개의 팔을 빙글빙글 돌리면서 웃었다.

"재미있다, 재미있어. 축국(蹴鞠)도 좋은데? 야하바, 머릴 4개 들고 가면 되는 거야?"

야하바는 신경질적으로 기모노를 털면서 말했다.

"아니, 2개야. 귀고리를 단 도깨비 사냥꾼과 도망자. 나머지 둘은 필요 없어."

야하바는 내내 눈을 감고 있었다. 얼굴 쪽의 눈은 보이지 않는 걸까?

"네즈코 씨, 이 약으로 다리는 금세 나을 거예요."

타마요가 네즈코의 다리에 주사를 놓는 모습을 곁눈질로 보면서, 탄지로는 필사적으로 생각했다.

'어떡하지…? 절대로 질 수 없어. 하지만 허점의 실이 보여도 쉽게 벨 수 없다.'

기술은 한 치의 오차도 없이 허점을 파고들지 않으면 의미가 없다. 조금이라도 어긋나면 기술의 위력이 충분히 발휘되지 않는다. 하지만, '홍결의 화살' 능력 때문에 칼의 방향이 바뀌어 버린다….

야하바가 다시 양손을 들었다. 손바닥의 눈알은 핏발이 선명했고, 눈동자에는 화살표가 새겨져 있었다.

'그리고 좀 미안하지만, 손바닥의 눈알도 징그러워!! 정말 미안하지만!!'

그런 이야기를 할 때가 아니었다. 손바닥의 눈이 깜빡임과 동시에 화살표 여러 개가 꿈틀거리면서 탄지로를 향해 날아왔다.

'이 화살표의 속도!!'

하나를 피하더라도 또다시 다음 화살표가 온다. 화살표는 탄지로의 몸에 닿을 때까지 사라지지 않는다. 그리고 칼로도 벨 수 없다. 칼날이 닿는 순간 화살표 방향으로 튕겨 날아가

버린다.

'대체 어떻게 해야….'

"모든 건 내가 생각하는 방향대로! 팔이 비틀려 끊어질걸?"

야하바가 웃었다. 화살표 하나가 탄지로의 오른팔에 휘감겼다.

그러나 탄지로는 재빨리 뛰어올라서는 공중에서 화살표와 같은 방향으로 회전하면서 두루마기를 벗어던졌다. 두루마기는 빙글빙글 뒤틀렸지만, 탄지로는 무사했다.

'이대로 계속 공격당하면 큰일이다!! 반격해야 해…. 직접 건드리지 않고 저 화살표의 방향을 바꿔 놓는 거야.'

야하바를 향해 돌진하면서 호흡을 가다듬었다.

'기술을 응용하자!! 우선 제6형으로 화살표를 휘감고, 제3형의 발걸음을 이용해… 거리를 좁힌다!!'

비틀어라!! 휘감아라!!

"비틀린 소용돌이·유유(流流)!!"

몸 주위에 만들어 낸 소용돌이가 야하바의 화살표를 집어삼켰다.

'칼이 무거워!!'

하지만, 이거면 됐다!!

"제2형 개조! 가로 물방아!!"

물속이 아니면 위력이 떨어지는 비틀린 소용돌이가 적의 화살표 덕분에 힘이 커지고, 거대한 물방아가 되어 야하바를 사선으로 베어 넘겼다.

"네 이놈, 네 이놈, 네 이놈!!"

잘려 나간 야하바의 머리가 데굴데굴 구르며 소리쳤다.

"네 머리만 들고 가면 그분께 인정받을 수 있었는데! 용서 못 해! 용서 못 해! 용서 못 해!"

파스스 허물어지는 야하바의 몸. 그러나 그 양손의 눈이 마지막 힘을 쥐어짜서 깜빡였다.

"더러운 흙에다 내 얼굴을 처박다니! 너도 길동무다!!!"

탄지로의 온몸에 무수한 화살표들이 박혔다!

'아뿔싸!'

공멸이다. 자신도 공격을 맞은 것이다.

이제껏 맞아 본 화살표 중 제일 강력한 힘으로 끌려갔다. 눈 깜짝할 사이에 마당 담벼락에 충돌할 형국이 되어서, 탄지로는 필사적으로 담벼락을 향해 기술을 펼쳤다.

"제4형 들이친 파도!"

기술 덕분에 화살표의 힘이 상쇄되어서 직격은 간신히 피할 수 있었다. 그러나 숨을 돌릴 틈도 없이 이번에는 다른 방향으로 잡아당겨졌다. 어마어마한 힘이었다.

'몸에 압력이 가해져⋯ 칼을 휘두를 수 없어!! 끌어내!! 기술을 끌어내!!'

이런 데서 당하지 마!!

"용소!! 수면 베기!! 들이친 파도!! 물방아!! 물방울 파문 찌르기!!"

이렇게 연속으로 기술을 펼쳐 본 적은 없었다. 두 팔이 찢어질 것 같았다.

'앞으로 몇 번이지? 앞으로 몇 번이나⋯.'

생각하지 말자. 기술을 계속 내놓는 거야!!

"용소!! 들이친 파도!! 물방아!! 비틀린 소용돌이!!"

몇 번인지 기억도 나지 않게 땅바닥을 구른 탄지로는, 이제야 화살표가 전부 사라졌음을 깨달았다.

폐가, 목이 타들어 갔다. 숨을 쉴 때마다 통증이 전신을 관통했다. 정신이 아득해졌다.

'갈비뼈와⋯ 다리가 부러졌다⋯.'

거친 숨을 헉헉 몰아쉬면서, 탄지로는 몸을 일으키려 했다. 바로 앞에 떨어져 있던 일륜도로 손을 뻗었다. 그러나, 손에 힘이 남아 있지 않았다. 피로 때문에 칼을 쥘 수 없었다.

주변을 둘러봤다. 야하바의 화살표로 인해서 모르는 사이 진료소 뒤뜰까지 날려 온 모양이었다. 건물 반대편에서는 아직 스사마루의 냄새가 풍겼다.

'빨리 가야 되는데….'

탄지로는 일륜도 칼자루를 덥석 물었다. 그대로 칼을 입에 문 채, 엉금엉금 땅바닥을 기어갔다. 네즈코가 아직 싸우고 있을 터였다.

'지금 갈게!! 지금 가니까 제발 무사해 줘!!'

자신의 얼굴을 향해 날아온 테마리를 아슬아슬하게 손으로 잡아 막은 스사마루는 안색이 확 달라졌다.

"…이, 이 애송이…. 이 애송이!!"

받아 낸 손이 저릿저릿했다.

조금 전까지는 막는 게 고작이었건만, 결국 되받아 차기 시작한 것이다. 아까 날려 버렸던 다리도 이미 재생했고, 심지어 전보다 훨씬 더 강력해졌다.

분노를 담아서 또다시 테마리를 찼다. 네즈코는 기모노와 긴 머리카락을 펄럭이면서 전력으로 되받아 찼다.

테마리가 마치 탄환처럼 두 여자 도깨비 사이를 오갔다. 하얀 다리를 힘차게 휘둘러서 테마리를 찰 때마다, 폭발음과 다름없는 소리가 났다.

"에잇, 축국은 이제 끝이다!!"

부아가 치민 스사마루는 혼신의 힘으로 테마리를 던졌다.

그러나, 그 역시 네즈코는 보기 좋게 되받아 찼다. 네즈코의 힘까지 더해져서 포탄처럼 변한 테마리가 스사마루의 얼굴을 스치고, 뒤쪽 벽돌 담벼락을 산산이 깨부쉈다.

"…타마요 님. 이건… 아까 놓은 주사의 효과인가요?"

멍하니 바라만 보던 유시로가 중얼거렸다. 그러나, 놀란 것은 타마요도 마찬가지였다.

"내가 사용한 약은 평범한 회복약이에요. 도깨비 전용의…. 몸이 강화되는 작용은 없는…."

저건 네즈코 씨의 힘이라고 타마요는 말했다.

"인간의 피와 살도 먹지 않고, 그녀가 자신의 힘만으로 급속도로 강해진 거예요."

자신의 생각대로 네즈코는 특별한 존재라며 타마요는 미소를 지었다.

'하지만 상대도 강적. 전력을 다해 달려들면 지금의 네즈코 씨라도 한시도 못 버티겠지. 내가 무슨 수를 내야 해.'

타마요는 천천히 자리에서 일어났다.

"십이귀월 아가씨. 당신은 키부츠지의 정체를 알고 있나요?"

6개의 팔로 테마리를 잡고 겨누던 스사마루의 안색이 달라졌다.

"무슨 소리를?! 도망자 주제에!!"

"그자는 한낱 겁쟁이일 뿐입니다. 항상 겁에 질려 있죠."

"그만해!! 네 녀석! 그만해!!"

스사마루는 굉장히 당황하면서 외쳤다. 그러나 타마요는 계속해서 다그쳤다.

"도깨비가 무리 지어 다닐 수 없는 이유를 아시나요? 도깨비가 서로를 잡아먹는 이유요. 도깨비가 떼로 뭉쳐 자신을 공격해 오는 걸 막기 위해서예요. 그런 식으로 조작당하고 있는 겁니다. 당신들은."

"닥쳐!! 닥쳐, 닥쳐!! 그분은 그런 소인배가 아니야!!"

스사마루는 발끈해서 버럭버럭 호통을 쳤다.

"그분의 능력은 어마어마하다구! 그 누구보다도 강해! 키부츠지 님은!"

그렇게 말한 순간, 스사마루는 퍼뜩 놀라서 그 자리에 얼어붙었다. 테마리 하나가 땅바닥에 떨어졌다. 그 손으로 입을 틀어막았지만, 이미 때는 늦었다.

"그 이름을 입에 올렸네요."

타마요는 왼팔을 서서히 들어올렸다. 손목에서 피가 뚝뚝 떨어지고, 그것이 연분홍색 안개가 되어 주변에 퍼지는 중이었다.

타마요의 혈귀술 중 하나, '백일(白日)의 마향(魔香)'. 그 안개를 들이마신 자는 뇌의 기능이 저하돼서 허위를 늘어놓거나 비밀을 지킬 수 없게 된다.

"저주가 발동하겠지요. 가엾지만. …잘 가세요."

타마요는 조용히 눈을 내리깔았다.

제 8 화 아가츠마 젠이츠

필사적으로 기어서 어떻게든 진료소 앞마당까지 빙 돌아오는 데 성공한 탄지로는, 느닷없이 비명을 지르며 자신의 앞까지 달려온 스사마루를 보고 흠칫 놀랐다.

그러나 스사마루는 이미 탄지로 따윈 안중에도 없는 듯했다. 6개의 팔을 허공에 들고서 누군가를 향해 열심히 호소했다.

"용서해 주세요! 용서해 주세요!! 제발, 제발, 용서해 주세요…!!"

하지만, 그 기도는 닿지 않았다.

별안간 스사마루의 몸 안쪽에서 뭔가가 살을 뚫고 튀어나왔다!

"아니…!"

그것은 두꺼운 도깨비의 팔이었다. 스사마루의 배에서, 입에서, 몸을 찢어발기듯 도깨비의 팔이 솟아났다.

입을 찢으며 돋아난 팔 하나가 그대로 팔꿈치를 구부려 스사마루의 머리를 잡았다.

"……!!!"

콰그작, 우둑뿌득 하고 처참한 소리가 났다. 피가 사방으로 튀었다.

순식간에, 탄지로의 눈앞에서 스사마루는 볼품없는 고깃덩어리가 되고 말았다.

입술을 꾹 다문 타마요가 그, 스사마루였던 것을 향해 뚜벅뚜벅 걸어갔다. 그 앞에 천천히 쭈그려 앉아서 뭔가를 살펴보기 시작했다.

"…죽은 건가요?"

탄지로는 조심스레 물었다. 타마요는 조용히 대답했다.

"곧 죽을 거예요. 이게 '저주'랍니다. 체내에 잔류해 있는 키부츠지의 세포에 의해 육체가 파괴되는 것."

타마요가 '풀었다'고 했던 '키부츠지의 저주'.

그건 키부츠지의 이름을 입에 담기만 해도 이렇게 살해당하는 것이란 말인가.

"기본적으로… 도깨비들 간의 싸움은 소용없는 짓이에요. 의미가 없죠. 치명상을 안겨 줄 수 없으니까요. 햇빛과 귀살 검객의 칼 외에는. 단, 키부츠지는 도깨비의 세포를 파괴할 수 있는 것 같아요."

'그런가. 그 늪 도깨비도 내가 키부츠지에 대해 물으니까 어린아이처럼 겁을 냈어.'

갑자기 유시로가 탄지로 쪽으로 달려와서는 입가에다 천을 거칠게 갖다 댔다.

"타마요 님의 주술을 들이마시면 안 돼. 인체엔 해가 가니까."

고맙다고 웅얼웅얼 인사하는 탄지로에게 타마요가 말했다.

"탄지로 씨, 이분은 십이귀월이 아니에요."

"……?!"

타마요는 자신의 앞에 놓인 물체를 가리켰다. 그것은… 스사마루의 눈알이었다.

"십이귀월은 안구에 숫자가 새겨져 있는데, 이분에겐 없어요…. 다른 한 분도 아마 십이귀월이 아니겠죠. 너무 약해요."

'너무 약하다고⋯?! 그 정도도?!'

할 말을 잃은 탄지로 앞에서 타마요는 주사기를 꺼내 스사
마루의 몸에서 피를 채취했다.

"전 네즈코 씨를 간호할게요. 약을 사용한 데다 주술까지 들
이마시게 해서 미안해요."

네즈코를 찾으니, 약간 떨어진 곳에 힘없이 앉아 있었다.
초점이 맞지 않는 눈으로 허공을 바라보는 것이, 잠이 오려는
모양이었다.

타마요는 네즈코를 안아 일으켜서 진료소 안으로 들어갔다.
유시로도 탄지로에게 천을 들려준 다음, 두 사람을 따라갔다.

앞마당에 혼자 남겨진 탄지로는 칼을 지지대 삼아 겨우 몸
을 일으켰다.

어디선가 어렴풋이 목소리가 들려왔다.

"테마리⋯ 테, 마리⋯."

스사마루의 목소리였다. 하지만 그것은 조금 전까지와는 달
리, 가냘프고 슬픈 소녀의 목소리였다.

탄지로는 근처를 굴러다니던 테마리를 주워서, 형태를 간신
히 유지하고 있는 스사마루의 손 옆에 놓아줬다.

"⋯여기 테마리."

"놀…자…. 놀자…."

'작은 어린애 같구나…. 사람을 많이 죽였을 텐데도….'

누이동생인 하나코도 테마리를 좋아했다. 기쁘게 노래를 부르면서 가지고 놀곤 했지.

그때, 햇빛이 환하게 비쳤다. 벽돌 담벼락 너머로 아침 해가 떠오른 것이다.

햇빛이 닿자, 스사마루의 몸은 빠른 속도로 재가 되어서, 바람에 날려 사라졌다.

'십이귀월이라고 치켜세워져 속아 싸우다가 키부츠지의 저주에 살해당했어. 구제할 길이 없어…. 죽은 후엔 뼈조차도 남김없이 사라진다. 인간의 목숨을 빼앗은 대가인가?'

탄지로는 땅바닥에 남은 스사마루의 핏자국을 쓸쓸하게 바라봤다.

"키부츠지… 그 작자는, 자신을 흠모하는 이에게도 이런 처사를…."

진정한 도깨비라고 탄지로는 생각했다.

그 얼굴. 차가운 눈빛. 절대로 잊지 않으리라.

다리를 절면서 진료소 계단을 내려가 지하의 복도에 들어서자, 네즈코가 쪼르르 달려왔다. 탄지로를 꼬옥 안아 주더니, 다시 왔던 길로 돌아갔다.

복도 안쪽에 타마요와 유시로가 서 있었다. 네즈코는 갑자기 타마요를 껴안고, 손을 뻗어 옆에 선 유시로의 머리도 쓰다듬기 시작했다.

"저어… 아까부터 네즈코 씨가 계속 이런 상태인데… 괜찮은 걸까요?"

타마요가 어찌할 바를 몰라서 물었다. 탄지로는 웃었다.

"괜찮아요. 아마 두 분을 가족들 중 누군가로 여기고 있는 걸 거예요."

"? 하지만 네즈코 씨에게 걸려 있는 암시는 인간이 가족으로 보이는 거라면서요? 우린 도깨비인데…."

"하지만 네즈코는 인간으로 판단한 거예요. 그래서 지켜 주려 한 거고."

네즈코는 그 말이 들렸는지, 더욱 힘주어 타마요를 끌어안았다. 어머니로 여기는지도 몰랐다. 탄지로는 어째선지 눈물이 살짝 맺히려 했다.

"전… 네즈코에게 암시가 걸려 있는 게 싫었는데, 본인의 의사도 버젓이 있는 것 같아 다행…."

말을 하다 말고 탄지로는 깜짝 놀랐다. 타마요의 눈에서 눈물이 뚝뚝 떨어진 것이다.

"죄송합니다!! 불편하셨을까요?! 네즈코, 떨어져, 얼른 떨어져! 결례니까!!"

당황하는 탄지로였으나, 타마요는 고개를 저으면서 네즈코를 힘껏 껴안았다.

"고마워요, 네즈코 씨…. 고마워요…."

방금까지 네즈코의 태도를 못마땅해하던 유시로도 그런 타마요의 모습을 애달픈 눈으로 바라봤다.

그는 떠올리고 있었다. 타마요가 자신을 도깨비로 만든 날을.

중병에 걸려 살날이 얼마 남지 않았던 자신에게 타마요는 말했다.

'살고 싶나요? 정말로, 인간이 아니게 되더라도 살고 싶나요?'

인간이 아니게 되는 건 괴롭고 고통스러운 일이라는, 그때 타마요가 했던 말. 그것은 그녀 안에 소복소복 두텁게 쌓인 눈과도 같은 것이었다.

유시로는 네즈코와 탄지로의 행동이, 말이, 지금 그 눈을 아주 조금 녹인 것을 복잡한 심경으로 바라보고 있었다.

타마요는 탄지로 남매를 지하실로 데려가 부상을 치료해 줬다.

그리고 앞으로 할 일, 도깨비의 피를 채취하는 방법과 그걸 자신에게 보낼 수단 등에 대해 설명한 다음, 차분히 말했다.

"우린 이 땅을 떠날 거예요. 키부츠지에게 너무 가까이 다가갔어요. 빨리 몸을 숨기지 않으면 위험한 상태입니다. 어제 도깨비가 된 그 남성과 부인은 맡겨 주세요. 같이 데려가서 이 이상 도깨비화가 진행되지 않도록 치료해 보겠습니다."

그런 뒤에, 탄지로를 지그시 바라봤다.

"탄지로 씨. 네즈코 씨는 저희가 맡아 드릴까요?"

"네?"

생각지도 못한 제안이 나와서 탄지로는 말문이 막혔다.

"우리도 쫓기는 몸. 절대 안전할 거라곤 장담할 수 없지만, 싸우는 곳에 데려가는 것보단 위험이 적지 않을까요?"

확실히, 그럴지도 모른다. 맡겨 두는 게 네즈코를 위해서도 좋을까?

저희는 함께
가겠습니다.

뿔뿔이
헤어질 순
없어요.

…감사
합니다.

하지만,

탄지로는 고개를 푹 숙이고 입술을 깨물었다.

하지만, 그런 탄지로의 손을 네즈코가 꽉 쥐었다.

퍼뜩 놀라서 네즈코를 쳐다봤다. 동생은 탄지로를 똑바로 바라보고 있었다.

탄지로도 고개를 끄덕인 다음, 화답하듯 동생의 손을 힘주어 잡았다.

'그래. 역시 그렇지? 네즈코.'

탄지로는 얼굴을 번쩍 들었다.

"…감사합니다. 하지만 저희는 함께 가겠습니다."

이 세상에 단둘만 남은 남매니까.

"뿔뿔이 헤어질 순 없어요. 이제 다시는."

타마요도 그 이상은 권하지 않았다. 살포시 미소를 지으며 끄덕였다.

"…알겠습니다. 그럼 무운장구(武運長久)를 빌어요."

내내 말이 없던 유시로가 귀찮다는 말투로 이어서 말했다.

"우린 흔적을 지운 다음에 떠날 거니까, 너희도 이만 떠나."

"아, 네."

이미 해가 높이 떠올랐다. 탄지로는 네즈코가 들어갈 상자를 찾으러 지하실을 나가려 했다. 그 뒷모습을 보며 유시로가 말을 걸었다.

"야. 탄지로."

돌아보자, 유시로는 여전히 등을 돌린 채로 무심하게 툭 내뱉듯이 말했다.

"…네 누이동생은 미인이야."

탄지로는 저도 모르게 빙그레 웃었다.

"남남동, 남남동, 남남동!!"

꺾쇠 까마귀는 시끄럽게 울어 댔다.

2명의 도깨비와 사투를 벌이면서 입은 부상도 채 낫지 않았건만, 이미 다음 임무 지령이 내려왔다.

탄지로는 네즈코가 들어간 상자를 등에 지고서 도쿄를 벗어나 다시 시골 길을 걷고 있었다.

"다음 장소는 남남동!!"

"알았어!! 알았으니까 제발 입 좀 다물어 줘. 부탁이야."

"제발 부탁이야!!"

별안간 까마귀가 아닌 다른 사람의 외침이 들려서, 탄지로는 깜짝 놀라 그쪽을 쳐다봤다.

"제발, 제발, 제발!! 혼인해 줘!"

드넓은 밭 한가운데, 길 끝에서 남녀 둘이 옥신각신 다투는 중이었다.

"난 언제 죽을지 모른다구!! 그러니까 제발 혼인해 줘!! 부탁이야아아앗!!"

"뭐야?"

탄지로가 어리둥절해 있자, 어깨에 앉은 까마귀가 누군가를 부르듯이 울었다. 그러자, 눈앞으로 자그마한 참새가 날아왔다.

탄지로가 손을 내밀자 참새는 그 위에 앉아서 뭔가를 호소하려 짹짹 울기 시작했다.

잘 보니 저 남자, 여성에게 매달려서 추접스럽게 울고불고 하는 저 남자가 귀살대 대원복을 입고 있지 않은가.

"그래? 알았어. 어떻게든 해 볼게."

탄지로는 참새를 향해 끄덕인 다음, 남자와 소녀를 향해 뚜벅뚜벅 걸어가서 남자의 옷깃을 붙잡아 일으켜 세웠다.

"뭐 하는 짓이야? 길 한복판에서! 그 아이가 싫어하고 있잖아! 그리고 참새를 곤란하게 만들지 마!!"

갑자기 여성에게서 확 떨어지게 된 남자는 깜짝 놀란 듯이 고개를 들었다.

"앗, 대원복! 넌 최종 선별 때 본⋯."

"너 같은 놈은 내 지인 중에 존재하지 않아!"

탄지로가 호통을 치자 남자는 큰 소리로 따졌다.

"에엑?! 만났잖아! 만났잖아! 이건 네 기억력 문제야!"

그 말을 듣고 탄지로도 떠올렸다. 이 눈에 띄는 화려한 금발 머리.

후지카사네산에서 살아남은 4명 중 하나였다. 그러고 보니 그때도 자신은 죽을 것이다, 살아남았어도 결국은 죽을 것이라고 중얼거리고 있었다.

"자, 그만 집으로 돌아가세요."

탄지로는 남자를 무시하고 소녀를 보며 말했다. 남자는 또다시 발끈해서 소리를 꽥꽥 질렀다.

"야!! 그 아인 나랑 혼인할 거야! 날 좋아하니까!"

그렇게 말한 순간, 여성은 남자에게 다가가서는 냅다 따귀를 날렸다. 몇 번이고, 몇 번이고. 탄지로가 기겁할 정도로 무섭게.

"내가 언제 당신이 좋다고 했어요?! 몸 상태가 안 좋은지 길가에 웅크리고 있길래 말을 걸어 준 것뿐인데!"

"내가 좋으니까 걱정해서 말 걸어 준 거 아니야?!"

"내겐 이미 혼인을 약조한 사람이 있는데, 절대 있을 수 없는 일이죠! 그만큼 쌩쌩하면 괜찮겠군요! 잘 가세요!!"

여성은 홱 돌아서서 성큼성큼 걸어가 버렸다. 금발 남자는 그런 소리를 듣고도 따라가려 했지만, 길바닥의 돌을 밟고 넘어졌다.

탄지로는 멍하니 남자를 내려다봤다. 이해하기가 좀 어려웠다.

생전 처음 보는 여성에게 결혼해 달라고 졸라 댔다고? 심지어 상대가 자신을 좋아한다고 착각하고서?

믿기지 않았다. 이 작자는 정말로 자신과 같은 인간일까?

"그만해!! 왜 그렇게 전혀 다른 생물 쳐다보는 눈빛으로 날 보는 거야?"

남자는 엉엉 울고 있었다.

"네가 책임져!! 너 때문에 장가 못 갔으니까!"

아직도 저 소리다. 진심인가? 진심으로 하는 말인가?

"뭐라고 말 좀 해 봐!!"

금발 남자는 완전히 생떼를 쓰는 어린이처럼 소리를 꽥꽥 질렀다.

"난 이제 곧 죽을 거야!! 다음 임무 중에!! 난 말이야. 엄청나게 약하다구, 깔보지 마! 내가 장가 갈 때까지 네가 날 지켜!"

통성명도 없이 몇 번이나 '너'라고만 불리고, 급기야는 황당무계한 명령까지 들으니 그 사람 좋은 탄지로도 부아가 치밀었다.

"내 이름은 카마도 탄지로야!!"

"그래?! 미안하다!"

남자가 이번에는 탄지로에게 매달렸다.

"난 아가츠마 젠이츠라고 해! 제발 살려 줘, 탄지로~!"

귀살 검객으로서의 자긍심은 없는 건가. 탄지로는 젠이츠의 어깨를 붙잡고 흔들었다.

"살려 달라니, 무슨 소리야? 젠이츠 넌 뭐 하러 검객이 된 건데? 왜 이렇게 추태를 부려?"

"말이 심하잖아!"

젠이츠는 버둥버둥 날뛰더니 손발은 땅을 짚고 몸통은 위로 들어올리는 괴상한 자세를 취했다.

"여자한테 속아서 빚 졌다, 왜! 빚을 대신 갚아 준 영감탱이가 '육성자'였고!! 매일매일이 지옥의 단련이었어! 차라리 죽는 게 나을 정도로! 최종 선별 때 죽을 수 있을 줄 알았건만!!

운 좋게 살아남는 바람에 여전히 지옥의 나날을 보내고 있지! 다른 사람들은 까마귀를 받았는데 나만 참새고! 가망이 없어서야!"

아, 무서워, 무서워, 무서워, 무서워! 라며 길바닥을 데굴데굴 굴렀다.

"싫어어어어어어엇!! 싫어어어어어! 살려 줘어어엇!!"

공포가 절정에 달했는지, 더러운 고음으로 그렇게 외친 젠이츠는 벌벌 떨기만 할 뿐, 움직이지 않게 됐다. 탄지로는 하는 수 없이 등을 쓸어 줬다.

젠이츠는 그 뒤로도 한동안 히이익, 히이익 하고 경련을 일으키는 소리를 내며 울었지만, 탄지로가 가지고 있던 주먹밥을 나눠 주니 마침내 조금은 진정한 듯했다.

"젠이츠 네 심정도 이해는 가지만, 참새를 곤란하게 만들면 안 되지."

"어? 참새가 곤란해했어? 그걸 어떻게 알아?"

탄지로는 손바닥에 올라타서 짹짹거리는 참새를 가리켰다.

"아니, 네가 계~속 그런 식으로 일하러 가기 싫어하고, 걸핏하면 여자한테 집적거리는 데다 코고는 소리도 시끄러워 죽을 맛이라고 하는데?"

"말하고 있다고?! 새의 말을 알아들어?!"

"응."

탄지로의 코는 우로코다키 밑에서의 단련과 도깨비와의 싸움을 통해 더욱더 냄새를 잘 맡게 됐다. 지금은 사람의 감정에 생겨난 사소한 변화도 냄새로 감지하고, 동물이 전하고자 하는 뜻도 알 수 있었다.

"거짓말이지?! 날 속이려는 거지?!"

젠이츠가 외쳤을 때, 이번에는 탄지로의 까마귀가 갑자기 머리 위에 내려앉았다.

"까아악!! 달려!! 달려라!! 탄지로, 젠이츠, 뛰어!! 같이 출발해라, 다음 장소로!!"

"꽤애액! 까마귀가 말하고 있어!"

젠이츠는 또다시 그 자리에 나자빠지고 말았다.

꺾쇠 까마귀가 두 사람을 데려간 곳은 민가로부터 조금 떨어진 산기슭, 숲속에 홀로 우뚝 선 저택이었다.

으리으리한 2층짜리 일본 가옥이었지만, 마당 쪽으로 난 덧문은 전부 닫혀 있어서 안쪽의 상황을 살필 수가 없었다.

"피 냄새가 나는군…. 근데 이 냄새는."

"어? 뭔가 냄새가 나?"

"응, 이제껏 거의 맡아 본 적이 없는…."

"그보다 뭔가 소리가 나지 않아? 그리고 역시 우린 공동으로 일하는 건가?"

"소리?"

탄지로가 젠이츠를 돌아보자, 그의 뒤쪽 수풀 속에 누군가 서 있는 게 보였다.

"어린애다…. 무슨 일이지?"

열 살이 채 되지 않았을 남자아이와 그보다 훨씬 어린 여자 아이. 서로를 부둥켜안고서 떨고 있었다.

"이런 데서 뭐 하고 있는 거니?"

말을 거니 두 사람은 겁을 내며 뒷걸음질 쳤다. 탄지로는 잠시 생각한 다음, 그 자리에 쪼그려 앉았다. 그리고 그들에게 손바닥을 내밀었다.

"짜자안. 손 위에 올라탄 참새다!!"

젠이츠의 참새가 탄지로의 의도를 파악했는지 손 위에서 짹짹 울면서 춤추듯 폴짝폴짝 뛰었다. 그걸 보고 긴장이 풀렸는지, 두 사람은 풀썩 주저앉고 말았다.

"무슨 일 있었어? 저긴 너희 집이야?"

조심스레 다가가서 어깨를 살며시 어루만지며 물었다. 두 사람은 울면서 고개를 가로저었다.

"아니… 아니…."

"괴… 괴물의 집이야…."

'괴물.'

역시 도깨비인가, 하고 탄지로는 숨을 삼켰다. 남자아이가 떨리는 목소리로 설명하기 시작했다.

"형이 끌려 들어갔어. 밤길을 걷고 있는데, 우리한텐 눈길도 주지 않고 형만…."

"저 집 안으로 들어갔단 말이지? 둘이서 뒤를 밟은 거야? 대견한데? 애 많이 썼어."

"…형의 핏자국을 따라온 거야…. 다쳤거든…."

'!! 다쳐…?'

어느 정도의 부상일까. 빨리 구해야 할 텐데. 탄지로는 두 아이를 향해 천천히 고개를 끄덕였다.

"걱정 마. 우리가 나쁜 놈을 쓰러뜨리고, 형을 구해 줄게."

"정말? 정말로?"

"응, 꼭…."

그때, 지금까지 쭉 말없이 저택 쪽을 바라보던 젠이츠가 혼 잣말처럼 물었다.

"…야, 이 소리 뭐야? 이 기분 나쁜 소리…. 계속 들리는데. 장구인가? 이건…."

"소리? 소리는…."

자신의 귀에는 들리지 않는다고 탄지로가 대답하려던 그때.

토옹, 토옹, 토옹, 토옹!

장구 소리가 드높이 울려 퍼졌다. 그 순간.

2층의 덧문이 벌컥 열리더니 안쪽에서 엄청난 기세로 사람 이 내던져졌다.

"!!"

피투성이의 젊은 남성. 공포로 일그러진 얼굴.

남자는 마당에 수직으로 추락했다.

비명을 지르는 아이들에게 보지 말라고 외친 후, 탄지로는 남자를 향해 달려갔다.

"괜찮으세요? 정신 차려 보세요…."

안아 일으키고는 숨을 죽였다. 상처가 깊었다.

"나왔어…. 기…껏…."

남자는 더 이상 초점이 맞지 않는 눈으로 허망하게 중얼거렸다.

"나왔…는…데…. 밖으로… 나왔…는데…. 죽는, 건가…? 난…."

탄지로는 남자를 끌어안았다. 저택에서는 장구 소리와 함께 짐승이 울부짖는 듯한 목소리가 이어졌다.

남자의 몸은 금세 움직이지 않게 됐다.

'아아… 죽어 버렸네…. 얼마나 아팠을까, 얼마나 괴로웠을까….'

이 사람이 저 아이들의 형인 걸까. 탄지로는 뒤쪽을 돌아봤다. 아이들은 고개를 저었다.

"우… 우리 형은 아니야…. 형은 고동색 옷을 입었어…."

"!!"

그런가. 여러 명이 붙잡혀 있는 것이다. 탄지로는 남자의 몸을 바닥에 눕히고 합장했다.

'돌아와서 꼭 매장해 드릴게요. 죄송합니다, 죄송합니다.'

그런 다음 일어나서 젠이츠를 불렀다.

"젠이츠!! 가자!"

그러나 젠이츠는 부들부들 떨면서 고개를 절레절레 흔들었다.

"…그래? 알았어."

"끼야아앗! 뭐야!! 왜 그렇게 한냐* 같은 표정을 지어? 갈게옛!"

등에 매달리는 젠이츠를, 탄지로는 뿌리쳤다.

"강요할 생각은 없어."

"간다고옷!!"

탄지로는 네즈코가 든 상자를 어깨에서 내려서 두 아이 곁에 놓았다.

"만약의 사태를 대비해 이 상자를 두고 갈게. 혹여 무슨 일이 생기더라도 너희 둘을 지켜 줄 거야."

탄지로는 훌쩍훌쩍 우는 젠이츠와 함께 저택 안으로 들어갔다.

※한냐 : 귀신 가면으로서 질투와 원한이 가득한 여자 얼굴을 나타낸다.

제 9 화 장구 저택

　미닫이문을 열고 안으로 들어갔다. 어둡고 서늘한 내부에 특별히 이상한 점은 없었다.

　현관 복도를 걸어가 왼쪽으로 꺾으니, 양쪽에는 나무문이 쭉 늘어서 있었고, 열린 문 안쪽으로는 제법 깔끔한 다다미방이 보였다.

　"탄지로. 야, 탄지로."

　젠이츠는 몸을 덜덜 떨고, 눈물을 흘리면서 탄지로의 뒤를 따라왔다.

　"지켜 줄 거지? 나 지켜 줄 거지?"

"…젠이츠. 미안한데."

탄지로는 젠이츠를 돌아봤다.

"난 지난번 싸움 때 갈비뼈와 다리가 부러졌어. 아직 완치되지 않았고. 그래서…."

"에에엑?!"

젠이츠는 절규했다.

"왜 부러뜨린 거야, 뼈! 부러뜨리면 안 되지, 뼈! 부러진 탄지로는 날 지킬 수 없잖아! 이이이, 이러면 죽어!!"

머리를 감싸 쥐고 데굴데굴 구르기 시작했다.

"어쩔 거야, 어쩔 거야. 이거 죽게 생겼네, 죽었어, 죽었어, 죽었어, 죽었어! 히이익!! 골절되어 있었다니 너무해, 못됐어! 나 죽어!! 십중팔구 죽어!!"

"젠이츠, 조용히 좀 해. 넌 괜찮아!"

"형식적인 위로하지 마!!"

"아니야. 난 알아. 젠이츠 넌 안 돼!!"

꽤애액! 하고 충격을 받은 젠이츠를 밀치고, 탄지로는 황급히 현관으로 되돌아갔다. 바깥에 남겨 뒀던 두 아이가 안으로 들어온 것이다.

"들어오면 안 돼!!"

"혀, 형! 그 상자에서 자꾸 박박 긁는 소리가 나서….'

아이들은 울상을 지으며 달려왔다. 누이동생 쪽은 탄지로에게 찰싹 달라붙었다.

"그…!! 그렇다고 놓고 오면 처량하지…. 그건 내 목숨보다 소중한 건데.'

그때, 저택 전체가 소름끼치는 소리를 내면서 요란하게 삐걱거렸다.

젠이츠가 비명을 지르며 주저앉았다.

"앗.'

젠이츠가 꼴사납게 쑥 내민 엉덩이에 부딪쳐서, 탄지로는 안고 있던 여자아이와 함께 바로 옆방으로 떠밀리고 말았다.

그 순간.

장구소리가 드높이 울려 퍼졌다.

"방이…!'

토옹! 토옹! 토옹!

이어서 울린 그 소리에 맞춰서 방 안 풍경이 차례차례 바뀌었다.

족자와 꽃병이 장식돼 있는 안방에서, 장지문들로 둘러싸인 응접실로. 그리고 지금은 서랍장과 작은 찻장이 놓인 거실이었다.

'방이 바뀌었다…? 아니, 우리가 이동한 건가?'

널문이 있던 곳이 지금은 장지문으로 변했고, 틀림없이 맞은편에 있던 젠이츠와 남자아이는 이제 보이지 않았다. 복도의 모습도 달라졌다.

혼란에 빠진 여자아이는 울음을 터트렸다. 탄지로는 황급히 그녀의 머리를 쓰다듬으면서 다정하게 말을 걸었다.

"졸지에 오빠랑 떨어지게 돼서 미안. 그래도 반드시 지켜 줄게. 오빠도 젠이츠가 지켜 줄 거니까 걱정 마."

눈물을 살며시 닦아 줬다.

"이름은?"

"테루코…."

"그래? 좋은 이름을 지어 주셨…."

말을 하다 말고 입을 꾹 다물었다. 강렬한 냄새가 코를 찔렀다.

장지문 너머 캄캄한 복도에 커다란 그림자가 불쑥… 하고 나타났다.

남자 도깨비였다. 풀어헤친 긴 머리에 새빨간 눈. 뾰족한 귀.

그러나 가장 기이한 것은 그의 몸 이곳저곳에 돋아난 장구들이었다. 양 어깨에 하나씩. 배에 하나. 양쪽 허벅지에도.

'!! 몇 가지 냄새 중에서도 이 저택에 깊이 배어 있던 독한 냄새다. 사람을 많이 잡아먹었어!!'

이놈이 이 저택의 주인!!

도깨비는 아직 이쪽을 알아채지 못했다. 탄지로는 테루코의 입을 막으면서 숨을 죽였다.

"죽었어, 죽었어, 죽었어, 죽을 거야, 이젠 죽었어!"

별안간 탄지로와 여자아이의 모습이 사라져서, 젠이츠는 울며 소리쳤다.

"테루코!! 테루코!!"

동생을 찾으러 가려는 소년, 쇼이치의 손을 붙잡고 만류했다.

"안 돼, 안 돼, 안 돼, 큰 소리 내면 안 돼! 빨리 나가자, 밖으로!!"

"왜 밖으로?"

쇼이치는 어이없다는 듯이 젠이츠를 째려봤다.

"자기만 살겠다, 이건가요? 죽겠다느니, 계속 그런 소리나 늘어놓고 창피하지도 않으세요? 당신 허리춤에 달린 칼은 도대체 뭐 때문에 있는 거죠?"

속사포처럼 날아오는 비난에, 젠이츠는 휘청거렸다.

"쿠헉…. 엄청나게 예리한 말들이…. 쿠헉."

토하고 싶어지는 걸 꾹 참으면서 쇼이치를 질질 끌고 현관으로 향했다.

"아니야! 난 별로 도움이 안 되니까 가서 사람을… 어른을 불러오려는 거라고! 어린애들끼리 어찌어찌 해결할 수 있는 일이 아니야, 이건!"

힘차게 현관 미닫이문을 열어젖힌 젠이츠는 얼음처럼 굳었다.

바깥이 아니었다. 그곳은 화로와 방석이 놓인 아담한 다다미방이었다.

"거짓말, 거짓말, 거짓말이지?! 여기가 현관이었는데!! 밖은 어디로 간 거야? 이 문이…."

이쪽인가?! 젠이츠는 방으로 뛰어들어서 오른쪽 장지문을 열었다.

"?!"

그곳도 바깥은 아니었다. 다다미방이 이어졌다.

그리고 그곳에는….

멧돼지가 있었다. 멧돼지 머리를 한 괴물이.

몸은 사람인데, 머리는 멧돼지. 하반신도 털로 뒤덮여 있었다.

툭 튀어나온 코에서 **푸슈우우우우** 하고 콧김이 새어 나왔다.

괴물 멧돼지는 서서히 뒤를 돌아봤다.

"괴물이다아앗!!!"

절규하는 젠이츠를 향해서 멧돼지 남자는 돌진했다. 젠이츠는 듣기 싫은 비명을 지르면서 머리를 감싸고 털썩 주저앉았다.

"?!"

그러나 그 괴물은 젠이츠 일행에게는 눈길도 주지 않은 채, 장지문들을 닥치는 대로 쓰러트리면서 반대쪽 방으로 달려갔다.

"뭐야, 그 눈빛은 뭐냐구?! 싫어, 그런 눈빛!!"

차가운 눈으로 자신을 내려다보는 쇼이치를 나무라는 젠이츠의 우는소리만이 방 안에 메아리쳤다.

"테루코. 비명 지르는 건 참아. 방은 움직이니까 복도로 나가지 마. 뒤로 물러서서 서랍장 뒤에 숨어."

탄지로는 테루코에게 당부하고 자신의 뒤쪽으로 보냈다.

도깨비는 아직 눈치채지 않았다. 혼잣말을 중얼거리면서 복도를 터덜터덜 걷고 있었다.

"왜지…? 이놈이고 저놈이고 남의 집안에 저벅저벅 들어와선…. 울화가 치민다…. 소생의 사냥감이야…. 소생의 영역에서 찾아낸 소생의 사냥감이라고…. 그놈이… 그놈들이 감히…."

"난 귀살대의 계급 계!! 카마도 탄지로다! 지금부터 널 베겠다!!"

거짓말이 서툰 탄지로는 그 성격상 기습이 불가능했다. 큰소리로 자신의 이름을 밝히면서, 장구 도깨비에게 달려들었다. 그러나 도깨비는 탄지로를 쳐다보려고 하지도 않았다.

"내가 찾아낸 '희혈(稀血)'을 가진 아이인데!!"

그렇게 말하자마자 도깨비는 자신의 오른쪽 어깨에 돋아난 장구를 두들겼다.

경쾌한 소리와 함께, 갑자기 발밑의 방바닥이 사선으로 기울어졌다. 테루코의 비명이 들렸다. 탄지로는 간신히 낙법을 취했다.

"!!"

다다미가 측면으로 돌아가 있었다. 방금 전까지 바닥이었던 면이 지금은 벽이었다. 서랍장이 놓인 벽이 바닥으로 바뀌었고, 천장에는 찻장이 달라붙어 있었다.

'방이 회전한 거야! 이게 이 도깨비의 혈귀술.'

집 전체가 도깨비의 영역이란 말인가. 탄지로는 창백해졌다.

'?!'

그때였다. 어디선가 전혀 새로운 냄새가 이쪽을 향해 다가왔다.

'도깨비의 냄새가 아니야….'

별안간 오른쪽 장지문을 부수면서 뭔가가 뛰어들어 왔다.

"저돌맹진!! 저돌맹진!!"

우렁차게 외치며 탄지로의 눈앞에 나타난 것은 멧돼지였다.

그렇다. 조금 전 젠이츠 일행의 앞에서 사라졌던 그 멧돼지 남자였다.

'뭐야, 저 남자는?'

코가 밝은 탄지로는 알 수 있었다. 이 녀석은 도깨비가 아니다. 괴물도 아니다. 인간이다. 멧돼지 가죽으로 만든 탈을 쓰고 있는 것이다.

상반신은 헐벗었지만, 허리 아래쪽도 어떤 동물의 털가죽을 둘렀다. 그리고 양손에는 칼을 하나씩 쥐고 있었다.

'일륜도?!'

칼날은 이가 다 나가 있었지만, 엷은 푸른색으로 빛나는 그 것들은 틀림없는 일륜도였다. 하반신의 털가죽 아래로 보이는 검은색 바지도 귀살대 대원복이지 않은가.

"자, 괴물아!! 주검을 훤히 드러내어 내가 보다 강해지기 위한, 보다 높이 올라가기 위한 발판이 되어라!"

멧돼지는 목청껏 그렇게 외치고는, 바닥을 박차고 도깨비에게 달려갔다.

하지만, 그 칼날이 닿기 직전에 도깨비가 또 장구를 두들겼다. 방이 회전했다.

그러나 멧돼지 남자는 그야말로 짐승 그 자체인 움직임으로 벽과 바닥을 걷어차고 뛰어올라, 탄지로까지 발판으로 삼아서 또다시 도깨비에게 덤벼들었다.

"그놈은 이능력 도깨비야!! 무턱대고 칼을 휘두르며 덤벼들어선 안 돼!!"

탄지로는 소리쳤다. 도깨비는 계속해서 장구를 두드렸다.

"울화가 치민다…. 소생의 집에서 소란 피우는 벌레들."

경쾌한 악기 소리가 울릴 때마다, 방이 돌아갔다. 테루코가 울부짖으면서 굴러떨어졌다. 멧돼지 남자는 그런 테루코를 피하기는커녕 발로 밟고서 우렁차게 웃었다.

"아하하하하하하하하하하!! 방이 빙글빙글 도네? 재미있다, 재미있어!!"

"사람 짓밟지 마!!"

탄지로는 울컥 화가 나서 멧돼지 남자에게 달려가 냅다 내던졌다. 테루코를 안아 일으키면서, 남자를 노려봤다.

"이렇게 어린 애를 짓밟다니, 어쩌려고그래?!"

"아하하하하!! 좋아, 좋아. 아주 좋은 던지기 기술이야!! 인간에게 내동댕이쳐지긴 처음인걸?!"

남자는 두 자루의 일륜도를 겨누고 탄지로에게 달려들었다.

'왜 나한테 덤벼드는 거지? 귀살대가 아닌가?!'

"내 칼은 좀 아플걸?! 아기 도련님이 사용하는 칼과는 다르거든!! 갈기갈기 찢기는 듯한 칼침 맛이 자랑거리지!!"

"그만해!! 저기에 도깨비가 있다고!!"

"알 게 뭐야?!"

그때, 도깨비가 한층 더 힘차게 배 쪽의 장구를 두들겼다.

"벌레 놈들. 꺼져라. 죽어라."

그 소리와 함께 뭔가가 공기를 갈랐다. 기척을 감지한 탄지로와 멧돼지 남자가 재빨리 뛰어서 피했다.

"⋯⋯!!"

갑자기 다다미가 갈라졌다. 장구 소리와 같은 속도로. 짐승의 손톱자국 같은 자국을 남기며.

"좋아, 좋아. 아하하하."

멧돼지 남자는 여전히 웃고 있었다. 도깨비는 또 배 쪽의 장구를 쳤다. 보이지 않는 짐승의 손톱이 날아와서 또다시 다다미가 갈라졌다.

"벌레들⋯ 버러지들⋯."

도깨비는 온몸의 장구들을 격렬하게 연이어 두들겼다. 그 소리에 맞춰서 방은 정신없이 돌고 또 돌았다.

우회전, 좌회전, 앞 회전, 뒤 회전.

마치 주사위 속에 갇혀서 데굴데굴 굴려지는 것 같았다.

탄지로는 테루코를 안고 보호하면서, 어떻게든 회전 방향과 손톱 공격의 법칙을 파악하고자 귀를 기울이고 도깨비의 동작을 관찰했다.

시야의 가장자리에서 멧돼지 남자가 도깨비가 있는 곳과는 반대쪽 복도로 날아가는 게 보였다.

그때였다.

어디선가 또 장구 소리가 들렸다.

"어?"

방은 회전하지 않았다. 손톱 공격도 없었다. 그러나 그 대신에.

"방이 바뀌었어."

탄지로는 방금 전과는 전혀 다르게 생긴 방에 서 있었다. 벽에 족자와 선반이 설치된 안방이었다.

"어떻게 된 일이지…?"

탄지로는 보고 있었다. 그 도깨비는 장구를 치지 않았다. 그 소리는 어딘가 다른 곳에서 들렸다.

'이 저택에선 여러 도깨비의 냄새가 난다…. 다른 도깨비도 장구를 들고 있는 건가? 그래서….'

방을 회전시키는 장구와, 방을 바꾸는 장구가 따로 있나?

'피 냄새다.'

탄지로는 숨을 죽였다. 사람의 피 냄새. 바로 가까이에서.

테루코를 등 뒤에 숨기면서 탄지로는 조심스레 장지문을 열고 복도를 내다보았다.

"!!"

피투성이인 사람이 쓰러져 있었다. 척 봐도 이미 죽었다는 걸 알 수 있었다. 도깨비에게 먹힌 것이다.

"왜… 왜 그래?"

테루코가 불안한 목소리로 물었다. 탄지로는 애써 미소를 지어 보였다.

"괜찮아. 도깨비는 없으니까. 자, 저쪽으로 가자."

테루코가 시체를 보지 않도록 몸으로 가리면서, 탄지로는 반대 방향으로 걸어갔다.

'이것과는 별개로 한 가지 더… 이제껏 맡아 본 적 없는 독특한 피 냄새가….'

출혈량은 적다. 그 사람은 살아 있을지도 모른다.

'여기다.'

탄지로는 어느 방 앞에 멈춰 섰다. 테루코에게 소리를 내지 말라는 수신호를 보낸 다음, 있는 힘껏 장지문을 열어젖혔다.

한편 그 무렵, 젠이츠는 쇼이치의 손을 잡고 통로를 힘없이 걷고 있었다.

"…죄송한데요, 젠이츠 씨."

"끼야앗!!"

쇼이치가 불쑥 말을 걸자 요란스럽게 뛰어올랐다.

"우와아아아앗!! 신호, 신호, 신호, 신호 좀 해 줘. 말을 걸 거면 그렇게 갑자기 훅 들어오지 마. 심장이 입에서 또르륵 굴러나올 뻔했다구."

덜덜 떨면서 쇼이치에게 달라붙었다.

"만약 그랬으면 넌 그야말로 살인자가 됐을 거야!! 알겠어?!"

"죄송해요…."

쇼이치는 몹시 지친 기색으로 끄덕였다.

"근데 좀… 땀, 숨결, 떨림이 너무 심하셔서…."

"왜 이래!! 나 지금 최선을 다 하고 있잖아!"

"아니, 죄송하지만 저까지 덩달아 불안해지니까…."

"후에엥, 미안해!!"

젠이츠는 사과하면서도 큰 소라로 떠들어 댔다.

"그래도, 그래도 말이야?! 너무 떠들어 대면 그 왜!! 도깨비 같은 놈한테 걸릴지도 모르니까!! 그러니 내 생각엔 최대한 조용히 하는 게 좋을 것 같은데?! 어때?!"

쇼이치는 황당했다. 지금 이 자리에서 가장 시끄러운 사람은 다름 아닌 젠이츠였다. 그리고 역시나, 그 목소리를 적이 듣고 말았다.

"키힛… 키힛… 어린애다…. 입에서 설~설 녹겠는데…?"

등 뒤의 마루 밑에서 엉금… 하고 도깨비가 기어 나왔다.

간신히 인간의 형상이 남아 있었지만, 네 발로 기는 그 외양과 움직임 모두 도마뱀이나 도마뱀붙이 같았다. 눈알 네 개가 번뜩 빛나고, 기다란 혓바닥을 입 밖으로 내밀고 있었다.

"거봐!! 나타났잖아, 나타났잖아!!"

뻔뻔하게 쇼이치 탓으로 돌리면서 젠이츠는 절규했다. 쇼이치의 손을 잡고 전력으로 달리기 시작했다.

"아악악!! 오지 마아앗!! 오지 말아 줘!! 안 돼!!!"

더러운 고음으로 외치면서, 젠이츠는 필사적으로 도망쳤다.

"마마마마, 맛없어!! 분명 맛없을 거라고, 난! 진지하게 하는 얘기지만! 이 아이도 삐쩍 골아서 퍼석퍼석해 맛없을 테고!!"

"키힛, 키힛…. 먹어보지 않고선 모르는 거지."

도깨비가 그런 얘기를 들어 줄 리가 없었다. 여전히 네 발로 엉금엉금 기어서 쫓아왔다.

도깨비의 혀가 채찍처럼 뻗었다. 젠이츠는 아슬아슬하게 뛰어서 피했지만, 혀 끝은 정원 구석에 있던 물독을 두 동강 냈다.

　"뭐야, 저건? 혓바닥 엄청 빨라!! 물독이 쩌억, 하고…. 이건 말도 안 돼!!"

　없는 힘을 쥐어짜서 근처의 방 안으로 굴러들어갔다.

　"젠이츠 씨, 일어나세요!!"

　"흐아아앙!! 무릎에 몰려왔어! 공포가 8할 정도 무릎에!!"

　젠이츠는 울면서 쇼이치를 밀쳤다.

　"나나나나, 나는 그냥 두고 가! 얼른 도망쳐!"

　"그럴 순 없죠!"

　'정말 착한 아이구나. 이렇게 겁에 질린 '소리'를 내면서도!'

　젠이츠의 귀에는 쇼이치의 심장 소리도, 피가 온몸에 도는 소리도, 숨소리도 모두 들렸다. 탄지로가 냄새로 모든 것을 감지하듯이, 젠이츠는 소리로 세상을 보는 것이다.

　'내가 무슨 수를 써야 해. 내가 지켜 주지 않으면 불쌍하잖아!! 10살도 못 채우고 죽다니, 너무 잔인하잖아!!'

　머리로는 안다. 그렇지만, 무릎에 힘이 들어가질 않았다.

　'하지만 난 너무너무 약한데. 지켜 줄 수 있는 힘이 없는

데…. 그래도 내가 지켜 주지 않으면….'

쇼이치는 어떻게든 젠이츠를 붙잡고 일으키려 했다. 그러나 그러는 사이에 도깨비가 방까지 쫓아왔다.

상반신만 방 안에 들이고 소름 끼치는 긴 혀를 낼름낼름 흔들면서, 네 개의 눈으로 두 사람을 올려다봤다.

"키히힛… 네 뇌수를 귀로 호로록 빨아먹어 주마."

그 말을 들은 순간, 젠이츠의 내면에서 공포와 책임감이 펑 하고 터졌다.

얼굴이 새하얗게 질리면서, 방바닥에 벌러덩 쓰러졌다.

"젠이츠 씨?! 젠이츠…."

흔들어 일으키려던 쇼이치는 자신의 눈을 의심했다.

기절한 게 아니었다. 이건… 곯아떨어졌다.

행복한 얼굴을 하고, 코에는 커다란 콧물 방울이 달린 채로.

"뭐야, 그놈은? 크햐핫!!"

도깨비는 웃으면서 몸을 쑥 내밀었다.

"죽어라!!"

기다란 혀가 꿈틀거리면서 두 사람을 향해 날아왔다.

"으아아아악!! 젠이츠 씨, 일어나!!"

쇼이치가 소리친 그때.

뎅겅 하고 뭔가가 잘리는 소리가 났다.

도깨비의 혀끝이 잘려나가서, 움찔움찔 떨며 다다미 바닥에 나뒹굴었다.

"?!"

무슨 일이 일어난 건지 알 수 없었다. 도깨비는 비명을 질렀고, 쇼이치는 숨을 삼켰다.

젠이츠가 천천히 일어섰다.

제 **10** 화 자신을 고무시켜라

"젠이츠 씨…."

공기가 달라졌다.

젠이츠의 주변에 푸르스름한 불꽃이 파직파직 튀었다.

도깨비와 쇼이치 사이에 선 젠이츠는 허리춤의 칼에 손을 갖다 대면서, 머리를 한껏 숙인 낮은 자세를 취했다.

쉬이이이이익 하는 긴 호흡 소리가 울렸다.

"번개의 호흡 제1형 벽력일섬(霹靂一閃)."

푸른 전격(電擊)이 방 안을 내달렸다.

젠이츠가 다다미 바닥을 찼다고 생각한 다음 순간, 도깨비의 머리는 이미 잘려 나가 있었다.

"……?!"

무슨 일이 일어났는지 영문을 몰라서, 쇼이치는 그저 멍하니 젠이츠의 뒷모습을 바라봤다.

도신조차 보이지 않았다. 칼은 이미 젠이츠가 찬 칼집으로 돌아간 뒤였다. 분명히 방금 전까지는 눈앞에 있었는데, 지금은 방 바깥에 서 있었다.

땅바닥에 떨어진 도깨비의 머리가 재로 변하면서 젠이츠의 다리에 닿았다.

"우갹."

퍼뜩 놀라 눈을 뜬 젠이츠는 발밑을 보더니 꼴사납게 뛰어올랐다.

"꽤애액! 죽었네!! 갑자기 죽어 있어, 뭐지?! 이젠 다 싫어!!"

갑자기 다시 본래의 겁쟁이로 돌아간 모양이었다. 벌벌 떨면서 도깨비의 잔해와 쇼이치를 번갈아 쳐다봤다.

"쇼이치… 설마….

우와앙 하고 울면서 젠이츠는 쇼이치에게 매달렸다.

"고마워, 덕분에 살았어~! 이 은혜는 잊지 않을게~! 이렇게 강했으면 처음부터 말하지 그랬어~!"

쇼이치는 곤혹스러웠다. 이 사람은 자신이 도깨비를 해치웠다는 사실을 전혀 기억하지 못하는 건가? 아니, 애초에 자신이 그렇게 강하다는 것도 모르나?

그렇다, 젠이츠는 알지 못했다.

그는 잠들었을 때만 강해지기 때문이었다.

평소엔 긴장과 공포로 인해 몸이 경직되어 잘 움직이지 못하지만, 생명의 위기를 앞두고 긴장, 공포가 극한을 뛰어넘으면 실신하듯 잠에 빠져든다. 그리고 지금처럼 '번개의 호흡' 사용자로서 전광석화 같은 기술을 발휘한다.

항상 정신이 들고 보면 도깨비가 죽어 있고, 젠이츠는 무슨 일이 일어났는지 알 길이 없었다. 지금도 도깨비를 죽인 건 쇼이치라고 굳게 믿었다.

영문을 모른 채 울부짖는 젠이츠를 앞에 두고, 쇼이치는 생각하는 것을 그만두었다. 젠이츠를 잘 달래서 일으킨 다음, 다시 누이동생과 탄지로, 그리고 형을 찾기 위해 걸음을 내디뎠다.

"쳇, 또 날아갔네! 사흘 전부터 계속 이런 식이야. 빌어먹을, 하필 결정적인 순간에."

멧돼지 남자는 맹렬한 기세로 장구 저택의 복도를 달리는 중이었다.

"이렇게 좁아터진 건물 안을 돌진하는 건 내 전문이 아니라구!!"

벽까지 뚫을 것처럼 돌진한 멧돼지 남자는 모퉁이에서 불쑥 튀어나온 두툼한 손을 아슬아슬하게 피했다.

"어쭈, 피해? 꽤나 팔팔한 인간이로군. 네 살은 도려낼 맛이 좀 나겠다."

나타난 것은 마치 스모 선수처럼 살이 뒤룩뒤룩 찐 도깨비였다. 이마에는 뿔 하나가 나 있었다. 어딘가에서 인간을 잡아먹은 직후인지, 입가와 가슴팍에는 피가 얼룩덜룩했다.

그러나 멧돼지 남자는 조금도 주눅 들지 않았다.

"표적이 크면 갈기갈기 찢어 놓는 맛이 있지!!"

그렇게 외치자마자 또다시 도깨비를 향해 뛰어들었다.

"호홋. 정면으로 덤벼들다니, 배짱이 두둑하구나?"

도깨비가 두꺼운 팔을 뻗어서 남자를 붙잡으려 했다. 그러나, 그 팔은 이미 팔꿈치 위쪽부터 잘려 나간 뒤였다.

"주검을 훤히 드러내어 내 발판이 되어라!!"

톱날처럼 이가 나간 양손의 일륜도가 단숨에 번쩍이면서 도깨비의 목을 벴다.

"아류(我流) 짐승의 호흡! 제3엄니 뜯어 발기기!!"

쿵 하고 쓰러진 도깨비의 몸을 꾹 밟고 뻥 차 버린 멧돼지 남자는 다시 달려가기 시작했다.

"저돌맹진! 저돌맹진!!"

"키요시 오빠!!"

탄지로가 연 장지문 안쪽에서 장구를 들고 있던 것은 고동색 두루마기를 입은 소년이었다.

"오빠, 오빠!"

"테루코…!!"

자신을 향해 후다닥 달려오는 아이를 본 소년, 키요시는 장구를 던지고 누이동생을 껴안았지만, 동시에 탄지로의 존재를 알아채고는 잔뜩 긴장했다. 탄지로는 그를 안심시키려고 고개를 끄덕이며 자기소개를 했다.

"난 카마도 탄지로. 사악한 도깨비를 쓰러뜨리러 왔어."

격려하듯이 어깨를 두드리면서 다리의 상처를 치료해 줬다.

"혼자서 애 많이 썼어."

다행히 상처는 그리 심하지 않아 보였다. 우로코다키에게 받은 상처약을 발라 주니 통증이 가신 듯했다.

"여기서 무슨 일이 있었는지 말해 줄 수 있어?"

키요시에게 묻자 그는 잠시 고개를 푹 숙이고 있었지만, 이윽고 목소리를 쥐어짜내며 자초지종을 설명했다.

"괴물에게 납치당해서… 자… 자… 잡아먹힐 뻔했어."

"…그건 몸에 장구가 돋아 있는 도깨비 말이니?"

키요시는 끄덕였다.

"그런데 어디선가 다른 괴물이 두 마리 튀어나와서…. 뚱뚱한 놈이랑 네 발로 기는 놈…. 셋이서 사투를 벌이기 시작했어…. 누가 날… 자… 잡아먹을 건지…를 두고."

당시 상황을 떠올리고 창백해진 얼굴로 키요시는 말을 이었다.

"그… 그러다가… 몸에 장구가 돋아 있는 놈이 다른 놈한테 당할 때, 그 장구가 떨어졌길래… 그걸 두드렸더니 방이 바뀌면서… 그 뒤로 지금까지…."

과연. 탄지로는 납득했다.

'이 방으로 도깨비가 들어오려고 할 때마다 키요시가 장구를 두드렸구나.'

"…그 도깨비는 '희혈'이라는 소리를 했는데….'

"!! 그래, 맞아! 날 희혈이라고 불렀어!"

"까아악!!"

느닷없이 옆에서 까마귀 울음소리가 나는 통에, 세 사람은 펄쩍 뛰어오를 듯이 놀랐다.

어느 틈엔가 탄지로의 꺾쇠 까마귀가 다다미 바닥에 서 있었다.

"희혈이란!! 희귀한 피를 가진 사람을 말한다!!"

겁내는 아이들을 달래면서 탄지로는 까마귀에게 물었다.

"희귀한 피라는 게 무슨 뜻이야?"

"생물의 피에는 종류와 계통이 있다, 이 바보야."

까마귀는 쓸데없이 거만한 태도로 설명을 시작했다.

"희혈 중에서도 더욱 극소수의 희귀한 피일수록 도깨비에 겐!! 그 희혈 한 명으로 50명!! 100명의!! 인간을 잡아먹은 것과 맞먹을 정도의 영양분이 된다!!"

까마귀는 날개를 거세게 파닥이면서 다다미 위를 돌아다녔다.

"희혈은 도깨비의 진수성찬이지!! 아주 환장하는 먹거리야!!"

그때, 탄지로의 코가 바로 그 장구 도깨비의 냄새를 감지했다.

"'희혈'…. '희혈'…. 그것만 먹으면 50명…. 아니, 100명 분량….."

장구 도깨비는 혼자서 중얼거리면서 저택 안 이곳저곳을 돌아다니고 있었다.

"'희혈'을 가진 인간을 더더욱 찾아내서 먹어야 해…. 그러면 소생은 다시 십이귀월로 돌아갈 수 있다."

자세히 보니 도깨비의 오른쪽 눈에는 '하현6'이라는 각인이 있었다. 십이귀월 중 하나라는 증거였다. 그러나 그 위로 가위표의 흉터가 남아 있었다.

'쿄우가이.'

그분… 키부츠지 무잔의 등골이 서늘해지는 냉혹한 목소리가 머릿속에 되살아났다.

'더는 못 먹겠느냐? 겨우 그 정도야?'

도깨비는 인간을 잡아먹을수록 강해질 수 있다. 그렇게 해서 소질을 인정받으면 그분께서 피를 나눠 주셨다.

쿄우가이 역시 그랬다.

그분의 '피의 힘'은 어마어마했다. 쿄우가이는 예전과 비교도 되지 않을 만큼 강해졌고, 십이귀월로서 인정받았다.

그리고 앞으로도 인간을 탐식하며, 한층 더 강해질 수 있을 거라 믿었다.

그러나 쿄우가이는 갈수록 인간을 먹기가 힘겨워졌다.

물론 계속 잡아먹지 않으면 안 되지만, **예전과 같은 양**을 받아들일 수 없게 된 것이다.

'이제 됐다.'

싸늘하게, 그분은 말했다.

'숫자는 박탈한다. 그게 네 한계야.'

오른쪽 눈에서 통증이 느껴지고, 피가 튀었다. 그 순간, 그는 십이귀월이 아니게 됐다.

"…아직이다… 아직."

쿄우가이는 신음했다.

"'희혈'인 아이만 먹으면 소생은…."

"키요시, 테루코. 난 이 방에서 나갈게."

탄지로는 두 사람을 잘 타일렀다. 이미 가까이에서 도깨비의 기척이 느껴졌다.

"진정해. 걱정 마. 가서 도깨비를 쓰러뜨리고 올 테니까."

테루코의 머리를 부드럽게 쓰다듬었다.

"잘 들어, 테루코. 오빠는 지금 정말로 지쳐 있으니까, 네가 도와줘야 해."

그리고, 이번에는 키요시를 바라보며 말했다.

"내가 방에서 나가면 바로 장구를 두드려 이동해. 이제껏 키요시가 해 왔던 것처럼 누군가가 문을 열려고 하거나 소리가 나면, 바로 장구를 두드려 도망쳐. 내가 반드시 데리러 올게. 문을 열 때는 이름을 부를게. 조금만 더 애쓰자. 할 수 있지?"

두 사람은 떨면서 고개를 끄덕였다.

"장하다! 아주 당차!"

탄지로는 일어섰다. 바로 옆에 도깨비가 있다. 옆방 너머 복도에.

끼익 하고 복도가 삐걱거리면서 장구 도깨비의 머리가 보였다.

"두드려!"

옆방으로 뛰어듦과 동시에 탄지로는 외쳤다. 키요시가 장구를 두드렸다.

방이 바뀌고, 두 사람의 모습은 사라졌다.

"벌레 같은 놈들…. 지긋지긋하구나…."

도깨비는 장구를 두들기면서 방으로 들어왔다.

천지가, 좌우가 어지럽게 뒤바뀌었다. 탄지로는 이리저리 휩쓸리면서도 필사적으로 자세를 다잡으려 했다.

이미 장구의 법칙은 파악해 놨다.

'오른쪽 어깨의 장구는 우회전, 왼쪽은 좌회전. 오른다리는 앞 회전, 왼다리는 뒤 회전. 그리고.'

배에 달린 장구는 손톱 공격이었다.

도깨비는 다다미 바닥에 떡 버티고 서서, 무시무시한 속도로 장구를 두들겨댔다.

법칙을 알아도 회전 속도를 따라가기란 불가능했다. 내동댕

이쳐지지 않게 조심하느라 정신이 없었다. 손톱 공격도 간신히 피하는 게 고작이었다.

'타마요 씨에게 치료를 받긴 했지만, 부상은 완치되지 않았어….'

이길 수 있을까? 난….

'이 상처가 아프고 고통스러워 미칠 것 같아!!'

그렇다. 탄지로는 사실 줄곧 참아 왔다.

젠이츠를 소녀한테서 떼어 놨을 때도. 소리를 빽 질렀을 때도. 엄청나게 아픈 걸 꾹 참았다.

'난 장남이라 참을 수 있었지만, 차남이었다면 못 참았을 거야!'

통증과 초조함 때문에 눈을 부릅뜨고, 속으로는 이 세상의 차남들이 들으면 화낼 만한 소리를 하면서, 탄지로는 필사적으로 허점의 실의 냄새를 더듬었다. 그러나,

'힘주어 버티면 부러진 부분이 삐걱거려 힘이 안 들어간다! 저 도깨비의… 손톱 같은 자국이 나는 공격! 그게 무서워서 상대에게 다가갈 수도 없어!'

만전의 상태가 아니라, 간격 안쪽으로 들어가려 돌진하는 순간, 통증이 일어나 발이 꼬이기라도 하면… 저 3줄의 손톱

으로,

'난 무처럼 썰릴 거야!'

부상 때문에 자꾸 나쁜 상상만 하게 됐다.

장구 소리는 점점 더 빠르고 격렬해졌다. 앞, 뒤, 오른쪽,
앞, 왼쪽, 다시 앞, 뒤, 오른쪽, 왼쪽.

손톱이 날아왔다. 아슬아슬하게 피했다. 앞, 오른쪽, 뒤, 왼
쪽, 손톱, 손톱.

'우로코다키 씨!'

어떡하면 좋을까. 대체 어떡하면.

어지럽게 돌아가는 시야. 귀에서는 웅웅 소리. 그때, 우로코
다키의 목소리가 들렸다.

'물은 어떤 형태도 될 수 있다. 되에 들어가면 사각형, 병에
들어가면 동그라미. 때로는 바위조차 깨부수고 세상 어디까지
고 흘러가지.'

'그래… 맞아!! 물의 호흡은 10종류의 형태가 있어. 그 어떤
적과도 싸울 수 있지. 부상을 입었다면 그걸 보완하는 동작을
취하면 돼.'

물은 어떤 형태도 될 수 있다!! 물줄기는 결코 멈추지 않아!!

낙법을 제대로 취하지 못한 바람에 벽과 세게 충돌했다. 아

파서 숨이 턱 막혔다. 호흡을 가다듬을 수가 없었다.

'지금의 난 뼈뿐만이 아니라 정신도 부러진 거야!'

순간, 어째선지 젠이츠의 울상이 떠올랐다.

'부러진 탄지로는 안 돼~'

"거기! 제발 조용히 좀 하세요!!"

머릿속의 젠이츠를 꾸짖은 다음, 탄지로는 일륜도를 다잡았다.

'똑바로 앞을 쳐다봐라!! 자신을 고무시켜라!!'

힘찬 목소리로 자신을 북돋았다.

"힘내라, 탄지로, 힘내라!! 난 지금껏 잘 해 왔어!! 난 할 수 있는 놈이다!!"

만용이라도 괜찮다. 허세라도, 그저 엉터리 연기일지라도.

"그리고 오늘도!! 앞으로도!! 설령 부러졌다 해도!! 내가 굴하는 일은 절대로 없어!!"

난 할 수 있다!! 반드시 할 수 있다!! 탄지로는 가슴속으로 그렇게 복창했다.

'난 끝까지 해내는 남자다! 골절을 당했든 뭐가 됐든 난 할 수 있다!! 싸울 수 있어!! 부러진 탄지로도 대단하다는 걸 보여 주자!!'

자신을
고무
시켜라!!

똑바로 앞을
쳐다봐라!!

그리고
오늘도!!
앞으로도!!
설령
부러졌다
해도!!

힘내라,
탄지로.
힘내라!!

내가
굴하는 일은
절대로 없어!!

난 지금껏
잘 해 왔어!!
난 할 수
있는 놈이다!!

그러나 그렇게 자신을 격려해도, 상황은 바뀌지 않았다. 기합만으로는 해결이 안 되는 것이다.

'머리다!! 기합과 함께 머리도 써야 해. 머리… 머리….'

아니, 머리를 쓸 여유는 없었다. 장구는 계속 울리고, 방은 회전하며, 보이지 않는 손톱이 날아왔다.

'위험하다!! 지금 이건 아슬아슬해!!'

어떡하지? 어떻게 해야!

쿄우가이는 장구를 두들기고 또 두들겨도 잡히지 않는 탄지로 때문에 몹시 짜증이 났다.

더 빨리. 더.

분노를 장구에 담았다. 울화가 치민다. 울화가 치밀어.

'재미없어.'

머릿속에 누군가의 목소리가 울렸다. 분노와 짜증이 기억을 불러 깨웠다.

'재미없다고. 네 글은 모든 면에서 쓰레기 같아. 유려함도, 허망함도, 박력도 없어.'

누구지? 누구였더라? 떠오르지 않는다. 하지만.

'이제 글은 그만 쓰는 게 어때? 종이와 만년필만 낭비하는

짓이니까.'

그 말만은 또렷하게 기억했다.

젊은 남자. 그래, 어쩌면 친구였는지도 모른다. 뜻을 함께 하던 동료였을지도 모른다.

남자는 손에 들고 있던 원고용지를 바닥에 뿌렸다. 그가 심혈을 기울여 쓴 작품을. 영혼의 결정(結晶)을.

'최근엔 **낮에도 밖에 통 나오질 않고**. 네가 그런 식이니 재미가 없는 거야.'

적당히 해. 지금까지와 똑같다고 생각한다면 오산이야.

소생은, 소생은, 이제 너하곤 달라.

'취미인 장구라도 치든가, 이 집 안에 틀어박혀서. 물론 그것도 남을 가르칠 수 있는 실력은 못되지만.'

남자는 깔보듯이 웃은 다음, 그 자리를 떠나려 했다.

하얀 버선이 방바닥에 흩어진 원고용지를 짓밟았다.

그 순간, 쿄우가이의 안에서 뭔가가 끊어졌다.

기모노 앞섶을 끌렀다. 배에서 돋아난 장구를, 손톱이 길게 자란 손으로 토옹 두들겼다.

공기가 갈라지면서 남자의 몸이 조각조각….

"꺼져, 버러지들아!!"

쿄우가이는 포효했다.

"상속(尙速) 장구 치기!!"

'!! 혹시 장구를 이보다 더 빨리 칠 수 있는 거야?'

토토옹, 토옹, 토옹, 토옹.

소리가 한 덩어리가 된 것처럼 빠르게 몰아쳤다.

'크아아아악. 눈이 팽팽 돌아간다!!'

이제는 도저히 회전을 예측할 수 없었다. 탄지로는 마구잡이로 패대기쳐지는 와중에도 필사적으로 낙법을 취하면서 손톱 공격을 피하는 수밖에 없었다.

'심지어 손톱 공격이 3줄에서 5줄로!'

공격의 폭을 잘못 가늠하는 바람에 손톱이 턱을 스쳤다. 반 발짝 더 나와 있었다면 머리가 날아갔을 것이다.

"!!"

갑자기 눈앞에 새하얀 물체가 날아와서 탄지로는 당황했다.

'종이?'

조금 전의 공격으로 방구석에 놓여 있던 독서대가 부서진 것이다. 그 서랍에 들어 있던 것으로 보이는 원고용지 뭉치가 온 방 안에 흩어졌다.

'누군가가 손으로 쓴 글자….'

탄지로는 재빨리 원래 착지하려던 종이 위를 피해서 발을 디뎠다. 다른 사람이 쓴 글을 밟아서는 안 된다고 판단했기 때문이다.

"!!"

장구 도깨비의 안색이 바뀌면서 일순 손이 멈췄다.

그 틈을 타서 탄지로는 태세를 재정비했다. 바닥에 널려 있는 원고용지를 피하면서 몇 발짝 물러났을 때, 문득 깨달았다.

'알았다.'

종이를 밟지 않게끔 피했을 때, 어째선지 부상 부위가 아프지 않았다.

평소의 착지 때와는 몸에 힘을 주고 호흡하는 방식이 달라서였다.

'호흡은 얕고 빠르게, 그 호흡으로 골절된 다리 주변 근육을 강화시킨다.'

도깨비는 다시 장구를 두드리기 시작했다. 하지만, 이미 탄지로에게는 간파된 뒤였다.

'손톱 공격 전에는 곰팡내 같은 냄새가 난다!!'

온다. 손톱 공격이.

'위쪽이야!'

"전집중 물의 호흡! 제9형! 수류 물보라 란(乱)!"

동작 중의 착지 시간, 착지 면적을 최소한도로 줄이는 제9형은 발판이 여의치 않은 곳에서의 싸움에 적합한 기술이다. 탄지로는 물보라를 일으키며 소용돌이치는 물의 흐름처럼 회전하는 방을, 바닥을 자유자재로 박차고 날아 손톱 공격을 피하면서, 장구 도깨비에게 접근했다.

'가자!! 들어가자!! 간격 안쪽으로!! 앞으로!!'

품속으로 파고들자!!

'보인다!! 허점의 실!!'

일륜도를 번쩍 쳐들고 탄지로는 외쳤다.

"네 혈귀술은 대단했어!!"

그러나, 이걸로 끝이다!

소용돌이치듯 휘둘러진 칼이 도깨비의 목을 잘라 냈다.

그 순간, 방의 회전이 멎었다.

바닥은 바닥으로, 천장은 천장으로, 벽은 벽으로. 제각각 있어야 할 위치로 돌아가고, 정적이 찾아왔다.

공중에서 춤추던 원고용지들이 바닥으로 하늘하늘 떨어졌다.

겨우 움직이지 않게 된 다다미 위에 착지한 뒤, 탄지로는 자동으로 주저앉았다.

'하아악!!! 에구구구구구!! 실수로 숨을 깊이 들이마셨어!!'

욱신거리는 가슴을 부여잡고 탄지로는 버텼다.

'난 장남이다…. 장남이야!!'

그러니 힘낼 수 있다. 참을 수 있다. 그게 불변의 진리였다. 탄지로 생각에는.

하아, 하아, 하고 거친 숨을 몰아쉬고 있을 때, 가냘픈 목소리가 들려왔다.

"애송이… 대답해 다오…."

퍼뜩 놀라 돌아봤다. 도깨비의 머리가 조금씩 허물어지면서 이쪽을 보고 있었다.

"소생의… 혈귀술은… 대단한 것이냐…?"

이미 살기는 느껴지지 않았다. 탄지로는 조용히 끄덕였다.

"…대단했어. 하지만, 사람을 죽인 건 용서할 수 없어."

"…그래?"

어째선지 도깨비는 만족스러워 보였다. 다다미 위에 쓰러진 몸 쪽을 쳐다보니, 그쪽도 이미 절반은 녹아 없어졌다.

'그렇지, 피를.'

피를 채취해야 한다.

탄지로는 타마요에게서 받은 자그마한 나이프를 꺼내 도깨비의 몸을 향해 던졌다.

칼날에 새겨진 가느다란 홈이 도깨비의 피를 빨아들였다. 유시로가 만든 채혈용 나이프였다.

'손잡이 부분에 피가 고여 있어. 꽂히면 정말로 자동으로 피가 뽑히는구나…. 이런 걸 만들다니, 유시로 씨는 재주도 좋네….'

별안간 바로 옆에서 고양이 울음소리가 들렸다. 대체 언제 온 것인지, 삼색 고양이가 탄지로의 무릎 옆에 앉아 있었다.

"앗, 네가… 타마요 씨한테 배달해 주는 거구나?"

고양이의 목걸이에는 유시로의 '눈' 부적이 매달려 있었다. 등에는 자그마한 가죽 가방을 채워 놨다.

'유시로 씨의 주술로 야옹하고 울 때까지는 모습이 보이지 않는다고 했는데, 정말이네….'

"고마워. 조심히 가렴."

피를 채취한 나이프를 가방에 넣자, 고양이는 한 번 더 야옹하고 울었다. 그러자 모습을 다시 감췄다.

"…편리하다."

고양이를 배웅한 뒤, 탄지로는 거의 사라져 가는 장구 도깨비를 한 번 더 바라봤다.

'성불하세요.'

그런 다음, 서둘러 방 밖으로 나갔다.

쿄우가이는 탄지로의 뒷모습을 쳐다보면서 부족했던 뭔가가 가득 채워지는 기분을 느꼈다.

'소생이… 쓴 글은… 쓰레기 따위가 아니었다….'

자신의 주변에 내려 쌓이는 원고용지 한 장, 한 장은 그의 꿈. 그의 생명.

'적어도 저 애송이에게는… 짓밟을 만한 물건이 아니었던 거야….'

그 격렬한 싸움 속에서도 절대 원고를 밟지 않았던 소년.

"네 혈귀술은 대단했어!!"

그분은 인정해 주지 않았던 도깨비로서의 능력까지 칭찬해 준 소년.

'소생의 혈귀술도… 장구도… 인정받았다….'

이젠 아무것도 보이지 않았다. 그래도, 이제 됐다. 그거면 되었다.

키부츠지에 의해 찢긴 각인의 오른쪽 눈에서 눈물이 또르르 흘러넘쳤다.

'난 말이지, 옛날부터 귀가 밝았어.'

젠이츠는 마치 사방에 안개가 낀 듯한 어두운 공간에 있었다.

'자고 있는 동안 사람들이 나눈 이야길 알고 있을 때도 있어서 그들이 기분 나빠했지.'

그 장구 도깨비의 소리가 사라진 건 알았다. 탄지로가 쓰러뜨린 게 분명했다.

'탄지로네랑, 그리고 뭔가 이상하고 시끄러운 발소리가 나네…?'

"젠이츠 씨! 괜찮으세요?"

쇼이치의 목소리가 들려서 눈을 번쩍 떴다.

하늘이 보였다. 여긴 저택의 밖이었다. 젠이츠는 마당에 벌러덩 누워 있었다.

"방이 바뀌는 순간 갑자기 밖으로 튕겨 나왔어요. 2층 창문으로 떨어지면서."

쇼이치는 울고 있었다.

"그랬나?"

아무것도 기억나지 않았다.

"젠이츠 씨가 감싸 주신 덕분에 전 괜찮은데…."

"그렇다니 다행이네. 근데 왜 그렇게 울어?"

몸을 일으키면서 머리에 손을 댔다. 질척한 감촉이 느껴져서 보니, 손에 피가 흥건히 묻어 있었다.

"옳거니?! 내가 머리로 떨어졌구나?!"

"네에…."

히잉 하고 눈물이 나려던 찰나, 갑자기 우당탕탕 하고 들려오는 요란한 발소리.

"저돌맹진, 저돌맹진!!"

저택 현관을 박치기로 파괴하면서 뛰쳐나온 건 그 멧돼지 남자였다.

"아하하하하하!! 도깨비의 기가 느껴진다!!"

"앗! 저놈은…. 방금 저 목소릴 듣고 알았어!"

젠이츠는 떠올렸다.

"다섯 번째 합격자…! 더럽게 성질 급한 놈!!"

그렇다. 사실 그 후지카사네산에서의 최종 선별에서 합격한 사람은 4명이 아니라 5명이었다.

그 누구보다 빨리 입산하고, 그 누구보다 빨리 하산한 남자가 한 명 있었다. 탄지로는 엇갈려서 몰랐는데, 요컨대 그 인물이 이 멧돼지 남자였다.

"찾았다아아아앗."

멧돼지 남자는 마당 구석에 놓인 상자, 탄지로의 상자를 향해 돌진했다. 젠이츠는 황급히 상자 앞으로 뛰어들었다.

"안 돼!!"

상자를 몸으로 가리면서 멧돼지 남자를 향해 소리를 질렀다.

"이 상자는 절대로 못 건드려! 탄지로의 소중한 물건이란 말이야!!"

"야, 야, 야, 무슨 소릴 하는 거야? 그 안엔 도깨비가 있다고! 모르겠어?"

"그런 건 처음부터 알고 있었어!!"

젠이츠는 외쳤다.

그렇다. 처음부터 알고 있었다.

'도깨비의 소리'와 '인간의 소리'는 전혀 다르니까. 하지만.

'탄지로한테선 울고 싶어질 만큼 착한 소리가 나.'

이제껏 한 번도 들어 본 적 없을 만큼 착한 소리가.

생물한테선 무조건 소리가 난다. 수많은 소리가 쏟아져 나온다.

호흡하는 소리, 심장소리, 피가 도는 소리. 그걸 주의 깊게 들어보면 상대방이 무슨 생각을 하고 있는지도 알 수 있다.

'그래도 난 사람들에게 잘 속았어.'

소리를 들으면 거짓임을 알 수 있다. 지금까지 사귄 여자아이들도 모두, 처음부터 자신을 속일 생각이었다는 건 소리를 통해서 알았다.

'나는, 나 자신이 믿고 싶은 사람을 늘 믿었기 때문이야.'

귀살대의 몸으로 도깨비를 데리고 다니는 탄지로. 하지만 거기엔 반드시 사정이 있을 것이다.

'내가 납득할 수 있는 사정일 거라 믿어.'

젠이츠는 최대한 매서운 눈빛으로 멧돼지 남자를 노려봤다.

"내가… 내가… 탄지로한테서 직접 얘길 들을 거야! 그러니까 넌… 빠져!!!"

"앗, 젠이츠랑 쇼이치 냄새다."

다리를 다친 키요시를 등에 업은 탄지로는 테루코의 손을 잡고 현관으로 이어지는 저택의 통로를 걷고 있었다. 이제 저택의 방은 바뀌지 않았다. 저 모퉁이를 돌면 현관이다.

"밖에 나가 있구나? 둘 다 무사한…."

온몸의 통증을 참으면서 안심하는 찰나.

'!! 피 냄새다.'

서둘러 달려갔다. 현관의 미닫이문이 어째선지 바깥쪽으로 쓰러져 있어서 마당이 훤히 내다보였다.

그 마당에서.

"칼을 뽑고 싸우란 말이다! 이 겁쟁이!!"

양손에 칼을 든 멧돼지 남자가 젠이츠를 마구 걷어차고 있었다.

"그렇게 위세 등등한 소릴 지껄인 주제에 칼도 안 뽑잖아. 이 쓰레기가!! 같은 귀살대라면 싸워 보든가!!"

지켰어…

탄지로…

내가…

해서….

네가… 이게…
목숨보다
소중한 거라고…

또 다리가 날아와서 젠이츠는 얼굴을 정통으로 맞고 옆으로 쓰러졌다.

"!!"

그가 껴안고 있는 것은 네즈코가 든 상자였다. 젠이츠의 얼굴과 옷 모두 피와 흙먼지로 더럽혀져 있었다. 상당히 심하게 얻어맞은 듯했다.

"아… 탄지로."

탄지로가 저택에서 뛰쳐나온 걸 알아챈 젠이츠는 상자를 안은 채 얼굴을 들었다.

"탄지로…. 내가… 지켰어…. 네가… 이게… 목숨보다 소중한 거라고… 해서…."

"너와 함께 그 상자를 꼬챙이로 꿰어 주마!!"

멧돼지 남자는 일륜도를 칼등이 아래로 가게 쥐었다.

"안 돼!!"

남자에게 돌진한 탄지로는 온몸의 체중을 주먹에 실어서 배를 때렸다. 멧돼지 남자의 갈비뼈가 부러지는 끔찍한 소리가 났다.

"그러는 넌 귀살대원 아니야?! 어째서 젠이츠가 칼을 안 뽑는 건지 모르겠어?"

휙 날아가 버린 남자를 주먹을 불끈 쥔 채로 다그쳤다.

"대원들끼리 함부로 칼을 뽑아드는 건 금기사항이기 때문이야!! 그런 동료를 일방적으로 괴롭히는 게 즐겁냐?"

정말 비열하기 짝이 없다고 탄지로는 호통을 쳤다.

멧돼지 남자는 뒤쪽의 수풀더미에 나동그라져서 한참을 콜록거렸지만, 어째선지 웃기 시작했다.

"아하하핫! 그런 거구나? 미안하게 됐네. 그럼 맨손으로 싸우지, 뭐."

벌떡 일어나는 남자를 보고 탄지로는 당황했다.

"아니, 전혀 못 알아들은 것 같은데…? 대원들끼리 싸우는 자체가 안 된다고! 맨손이면 괜찮다거나, 그런 게 아니라!!"

그러나 멧돼지 남자는 벌떡 일어나는 동시에 불과 한 발짝까지 탄지로와의 거리를 좁히더니 전신을 사용한 돌려차기를 날렸다. 간신히 상체를 젖혀서 피한 코끝을 남자의 뒤꿈치가 스쳤다.

"!"

흡사 땅을 기는 듯한 낮은 위치에서 연속 공격이 날아왔다. 팔이, 다리가 바람을 갈랐다.

탄지로의 공격을 아주 근소한 거리에서 피하는 몸놀림. 명중했다고 생각한 순간에 이미 남자는 뒤쪽으로 뛰어서 피한 뒤였다.

'공격이 비정상적으로 낮다!!'

이제까지 싸워 온 도깨비와도, 우로코다키와 사비토가 상대를 맡아 줬던 단련과도 달랐다. 이 움직임, 이것은.

'이건… 마치, 마치 네 발 짐승과 싸우고 있는 것 같아…!!'

그렇다, 그야말로 거대한 멧돼지 같은 속도. 묵직함. 낮은 공격 위치.

땅바닥을 훑고 치솟는 엄니 같은 팔. 다리.

'낮은 곳을 노려라!! 상대방보다 더 낮게!!'

혼신의 힘을 담아 날린 발차기는 허무하게도 허공을 갈랐다. 남자는 몸을 두 동강 내려는 듯이 다리를 쫙 찢어서 땅에 바짝 엎드리는가 싶더니, 용수철처럼 튀어 올라 탄지로에게 발차기를 먹였다.

'이 유연한 관절!! 일반인의 경지를 벗어났어!!'

어디서 공격이 올지도 알 수 없었다. 터무니없는 방향에서 발이 날아왔다.

"나 대단하지?! 나 대단하지?!"

멧돼지 남자는 큰 소리로 웃었다.

"두 번 말했어…. 자화자찬."

완전히 남자의 관심 밖으로 밀려난 젠이츠가 중얼거렸다. 키요시와 쇼이치, 그리고 테루코는 아예 그들이 싸우거나 말거나, 재회의 기쁨을 만끽하는 중이었다.

이미 도깨비나 상자에 관해선 까맣게 잊었는지, 멧돼지 남자는 자신의 유연한 몸을 자랑하듯 느닷없이 상체를 꾸물꾸물 뒤로 젖히더니, 뒤쪽에서 자신의 발목을 잡아 다리 사이로 얼굴을 쑥 내밀었다.

"이런 것도 할 수 있다?! 아하하하하하."

"그런 짓 좀 하지 마! 뼈 다쳤을 때는 그러지 마! 악화되니까!!"

어이가 없어서 야단치는 탄지로를 향해 멧돼지 남자는 돌진했다.

"악화되면 좀 어때!! 지금 이 찰나의 희열보다 중요한 건 없는데!!"

"장래도 좀 생각하라고!! 제발 좀 진정해!!"

탄지로는 남자에게 정면으로 맞붙었다. 그러고는 있는 힘껏, 그의 머리에 박치기를 먹였다.

빼악!! 하는 굉음이 났다. 젠이츠가 으아아아아아악!! 하고 비명을 질렀다.

"소리!! 두개골 깨진 거 아냐?!"

뒤쪽으로 튕겨나간 남자의 머리에서 멧돼지 가죽이 주르륵 흘러내렸다.

"여자?! 어?! 얼굴…?!"

젠이츠는 경악했다.

아니, 그럴 리가 없었다. 헐벗고 있는 상반신은 틀림없이 남자의 몸이었다.

하지만 그 얼굴. 멧돼지 가죽 아래의 맨얼굴은.

"뭐야, 이 자식아…. 내 얼굴에 불만이라도 있어…?!"

커다란 눈, 긴 속눈썹, 붉은 입술. 머리카락도 긴 편이라서 그런지, 얼굴만 놓고 보면 미소녀라는 단어밖에는 달리 표현할 길이 없었다.

그러나 아연실색한 건 젠이츠와 키요시네 삼남매뿐, 탄지로는 딱 잘라 말했다.

"네 얼굴에 불만은 없어! 오밀조밀하고 뽀얘서 좋은 것 같아!!"

"이 자식, 죽여 버린다!! 덤벼!!"

"안 돼! 더 이상은 안 달려들 거야! 넌 좀 앉아봐! 괜찮아?"

예쁜 얼굴을 찡그리면서 멧돼지 남자는 고래고래 악을 썼다.

"야, 앞짱구!! 내 이름을 가르쳐 주마! 하시비라 이노스케다! 기억해 둬!!"

"어떤 한자를 쓰는데?!"

"한자?! 난 읽고 쓸 줄 몰라! 이름은 훈도시에 적혀 있지만…."

그렇게 말하다 말고 갑자기 이노스케는 입을 다물었다. 움직임도 부자연스럽게 멎었다.

"……?"

눈알이 뒤로 핑그르 돌아갔다.

눈을 까뒤집고 입에서는 거품을 물면서, 이노스케는 뒤로 쿵 쓰러졌다.

"우앗, 쓰러졌다! 죽었어? 죽었어?"

젠이츠가 당황했다. 탄지로는 고개를 가로저었다.

"죽은 건 아니고, 아마 뇌진탕일 거야. 내가 있는 힘껏 박치길 했으니…."

정작 박치기를 한 본인은 아무렇지도 않은 듯했다. 탄지로는 이노스케를 불쌍하게 내려다봤다.

"너희 뭐 하는 거야?!"

"우왓, 깨어났다!!"

장구 저택 안에서 죽은 사람들의 시신을 바깥으로 옮겨서 마당에 매장하고 있으려니, 이노스케가 정신을 차렸다.

"뭐 하기는… 매장이야. 이노스케도 좀 도와줘. 아직 저택 안에 죽은 사람들이 더 있어."

탄지로는 그렇게 말했지만, 이노스케는 아직도 싸움을 계속할 심산이었다.

"생물의 시체 따윌 파묻는 게 무슨 의미가 있다고? 안 해, 안 도와줘!! 그딴 것보다 나랑 싸우자!!"

그걸 들은 젠이츠는 아주 질색을 했지만, 탄지로는 진심으로 가여워하는 눈빛으로 이노스케를 쳐다봤다.

"그래…? 상처가 아파서 못 하는 거구나?"

"뭐?"

빠직 하고 이노스케의 이마에 힘줄이 튀어나왔다. 하지만 탄지로는 지극히 진지한 태도로 말을 이었다.

"아니, 괜찮아. 통증을 참을 수 있는 정도는 사람마다 다 다른 법이니까. 죽은 사람을 저택 밖으로 운반해서 흙을 파고, 매장하기란 정말 힘든 일이지. 젠이츠랑 이 아이들이 힘써 주고 있으니 괜찮아. 이노스케는 쉬고 있어."

"아아앙?! 사람 깔보지 마!! 그까짓 것, 백 명이고 2백 명이고 파묻어 주지!! 내가 그 누구보다도 더 많이 파묻을 거야!!"

시끄럽게 떠들면서 이노스케는 저택 안으로 뛰어들어갔다….

이노스케가 분투해 준 덕도 있어서 어떻게든 모든 희생자들을 매장한 무렵, 꺾쇠 까마귀가 날아와서 산을 내려가라고 명령했다.

젠이츠가 자기보다 강하다고 착각하는 쇼이치를 데려가겠다고 떼를 쓰는 바람에 또 한 번 실랑이를 벌이긴 했으나, 좌우간 세 명의 귀살대 대원은 함께 걸어가기 시작했다.

희혈을 가진 키요시는 앞으로도 도깨비의 표적이 될 우려가 있었지만, 까마귀가 등꽃 향낭을 토해 내서 항상 들고 다니라고 건네줬다. 키요시네 삼남매는 몇 번이고 감사 인사를 한 뒤에 집으로 돌아갔다.

"…아아, 이노스케도 산에서 자랐구나?"

걸어가면서 겨우 탄지로와 젠이츠는 이노스케와 제대로 된 대화를 나눴다.

"너랑 똑같이 취급하지 마. 내겐 부모도 형제도 없으니까."

다시 멧돼지 가죽을 써서 얼굴을 가린 이노스케는 가슴을 쭉 폈다. 거짓말인지 참말인지는 모르겠지만, 그는 아기일 때 산에 버려져서 멧돼지 밑에서 자랐다고 했다.

"다른 생물과의 힘겨루기만이 내 유일한 낙이지!!"

이노스케는 어느 날 산에서 마주친 귀살대 대원과 힘겨루기를 하고 칼을 빼앗은 뒤, 최종 선별이며 도깨비의 존재에 대해 캐물었다. '육성자'도 중간에 끼워 넣지 않고, 독자적으로 익힌 '짐승의 호흡'을 사용해 선별에 무턱대고 참가한 뒤, 귀살대에 들어왔다고 한다.

"난 반드시 기회를 엿봐 널 이길 거야!!"

아직도 그런 소리를 하는 이노스케를 보고 탄지로는 기가 막혔다.

"난 카마도 탄지로야!!"

"카마보코 곤파치로!! 널 이길 거야!!"

"그건 또 누구야?!"

"너다!"

"전혀 다른 사람이거든?!"

"너희, 시끄러워!!"

세 사람은 시끌벅적하게 떠들면서도 어딘가 따뜻한 분위기 속에 산을 내려갔다.

까마귀가 세 사람을 데려간 곳은 조금 걸어간 마을 외곽에 있는 커다란 저택이었다. 으리으리한 대문에는 등꽃 문양이 박혀 있었다.

"까아아악! 휴식!! 휴식!! 부상을 당했으니 완치될 때까지 휴식하라!!"

"어? 쉬어도 되는 거야?"

들어가도 되는지 망설이는데, 갑자기 문이 열렸다. 안에서 자그마한 노파가 나타났다.

귀신이라며 호들갑을 떠는 젠이츠를 나무란 뒤, 탄지로는 고개를 숙였다.

"앗, 밤중에 죄송합니다. 저기."

"도깨비 사냥꾼님이시죠? 들어오세요…."

노파는 아무것도 묻지 않고 세 사람을 저택 안으로 안내했다.

상당히 잘 사는 집인지, 넓은 마당은 연못을 비롯한 아름다
운 조경이 잘 갖춰져 있었다. 그런 저택을 뒤덮듯이 등나무
지지대를 설치해 놔서, 지금이 딱 개화시기인 등나무꽃이 흐
드러지게 피어 있었다.

나중에 까마귀가 말하길, 이 등꽃 문양이 박힌 가문은 옛날
에 도깨비 사냥꾼 덕에 목숨을 건진 일족이라, 도깨비 사냥꾼
이라면 무상으로 정성을 다해서 대접해 준다고 한다.

노파는 세 사람을 극진히 대접했다. 맛있는 식사를 준비하
고, 목욕탕을 사용하게 하고, 의원도 불러 줬다.

진찰 결과, 세 사람 모두 갈비뼈가 부러져서 당분간 안정을
취하라는 권고를 받았다.

청결한 유카타로 갈아입고, 셋이 나란히 이부자리에 눕자,
이노스케는 곧바로 코를 골기 시작했다.

'…이 녀석, 상자의 존재는 완전히 까먹었구만? 웃기지 마, 이
자식아.'

젠이츠는 멧돼지 가죽을 쓴 채로 잠든 이노스케를 보면서
콧김을 내뿜었다.

'그렇게 금세 아무것도 아니게 될 거면, 난 왜 그렇게 죽도

록 팬 거야? 이 자식! 바보!! 펄럭펄럭 속눈썹!!'

한참 동안 마음속으로 욕을 퍼부은 뒤에, 이부자리에서 몸을 일으켜서 탄지로를 바라봤다.

"…탄지로, 아무도 안 물어보니 내가 묻겠는데…. 도깨비를 데리고 다니는 이유가 뭐야?"

"젠이츠… 다 알면서도 감싸 준 거구나…?"

깜짝 놀란 탄지로는 감동한 듯 고개를 숙였다.

"젠이츠 넌 정말로 착한 녀석이구나. 고마워."

"야, 너… 그렇게 칭찬해 줘도 소용없어!!"

쑥스러워서 데굴데굴 구르는 젠이츠를 보고 탄지로는 웃었다.

"난 코가 밝아. 그래서 처음부터 알고 있었지. 젠이츠가 착하다는 것도, 강하다는 것도."

"아니, 강하진 않아. 지금 장난하냐? 네가 쇼이치 데려가려는 걸 방해한 건 절대 용서 안 할 거야."

젠이츠가 갑자기 정색하며 따지는 통에 탄지로가 살짝 기겁한 그때.

방구석에 놔둔 상자에서 덜그럭덜그럭… 소리가 났다.

"우앗, 우앗. 어? 나오려 하고 있어!! 나오려 하고 있어!!"

젠이츠는 벌떡 일어나서 도망칠 곳을 찾았다.

"지지지지, 지켜 줘!! 날 지켜 줘!!"

"괜찮아."

"뭐가 괜찮아?! 어?! 으악, 열렸다! 안 잠겨 있었어?!"

상자 문이 열리고 안에서 여자아이가 얼굴을 내밀었다.

"네즈코."

"어?"

벽장 속에 숨으려던 젠이츠의 눈이 동그래졌다.

자그마한 아이 모습으로 변해 있던 네즈코는 상자에서 나오자 서서히 원래 체격으로 돌아왔다.

"네즈코는 내…."

동생을 소개하려는 탄지로의 말을 가로막듯이, 젠이츠가 낮은 목소리로 말했다.

"탄지로. 너… 팔자가 좋구나…?!!"

핏발이 선 눈으로 젠이츠는 탄지로에게 슬금슬금 다가왔다.

"이렇게 귀여운 소녀를 데리고 다녔던 거야…? 이렇게 귀여운 소녀를 데리고 날마다 룰루랄라, 띵가띵가, 여행 다닌 거였어…?"

자신이 흘린 피를 물어내라고 젠이츠는 악을 썼다.

"난!! 난 말이야!! 네가 날마다 소녀랑 아하하, 우후후, 희희
낙락거리라고 애쓴 게 아니야!! 고작 그런 걸 위해서 내가 저
이상한 멧돼지한테 얻어맞고 걷어차인 거야?!"

"젠이츠, 진정해. 왜 이래, 갑자기…?"

젠이츠는 갑자기 머리맡에 놔뒀던 일륜도를 집어 들었다.

"귀살대는!! 노는 기분으로 들어오는 곳이 아니야!! 너 같은
놈은 숙청이다, 즉각 숙청!!"

"잠깐만, 젠이츠. 오해야! 내 말을 들어 줘!"

"오해고 나발이고! 귀살대를 깔보지 마아아앗!"

젠이츠의 절규는 날이 샐 때까지 그치지 않았다….

"그럼, 가 보겠습니다. 그간 큰 신세졌습니다."

저택의 대문 앞에서 탄지로는 노파에게 고개 숙여 인사했다.

탄지로 일행은 한 달 가까이 이 저택에서 부상을 치료했다.

노파(이름은 히사였다)는 언제나 온화한 태도로 매일 맛있
는 식사와 따뜻한 목욕물을 준비해 줬다.

깨끗한 방에서 갓 세탁한 기모노를 입고, 푹신한 이불에서

이노스케는
시도 때도 없이
박치기를
해 왔다.

네즈코가
누이동생이란
사실을
알자마자

탄지로는
난처했다.

젠이츠가
굽실굽실
거리고,

골절이
다 나았을 때 즈음,
긴급 지령이
날아왔다.

세 명 다
나타구모산으로
한시라도 빨리
떠나라고.

잘 수 있는 것만으로도 탄지로에게는 꿈만 같았다.

젠이츠는 네즈코가 탄지로의 누이동생이란 사실을 알자마자 갑자기 굽실굽실거렸고, 이노스케는 시도 때도 없이 탄지로에게 박치기를 해 왔다.

그래도 셋이서 느긋하게 지내는 일상은 나쁘지 않았다. 밤이 되면 네즈코도 상자 밖으로 나와서, 넷이 함께 놀기도 했다. 이노스케는 히사가 만들어 주는 튀김을 굉장히 마음에 들어 해서, 매일같이 튀김을 내놓으라고 성화였다.

그렇게 시끌벅적하고 평화로운 나날은 탄지로에게 예전의 생활을… 많은 남동생, 누이동생들과 지냈던 시절을 떠올리게 했다.

그러나 그것도 어제까지였다. 어제, 세 사람에게 꺾쇠 까마귀가 새로운 지령을 가지고 온 것이다.

"세 명 모두! 한시라도 빨리 '나타구모산'으로 향할 것!!"

나타구모산.

그곳에는 대체 무엇이 있는 걸까.

"그럼, 키리비(切火)*를…."

※출행하는 사람에게 부싯돌을 쳐서 정화해 주는 것.

문 앞에 나란히 선 세 사람에게 히사는 부싯돌을 꺼내 키리비를 쳐 줬다. 탁탁 소리와 함께 불똥이 튀었다.

"뭐 하는 짓이야? 할망구!!"

느닷없이 이노스케가 히사에게 달려들려고 하는 것을 탄지로와 젠이츠가 후다닥 제지했다.

"바보 아냐?! '키리비'잖아! 정화해 주는 거라구!! 위험한 일 하러 가는 거니까!!"

젠이츠가 이노스케를 꾸짖었다.

히사는 조금도 개의치 않고 차분하게 세 사람에게 말했다.

"그 어떤 순간에도 긍지 높게 살아 주십시오. 무운을 빕니다…."

"긍지 높게? 무운? 무슨 뜻이야?"

이노스케는 이 말도 전혀 이해가 안 되는 눈치였다. 목적지까지 서둘러 가기 위해 달려 나가면서, 탄지로는 최대한 알아듣기 쉽게 설명해 주려 했다.

"글쎄… 새삼 그렇게 물어보니 좀 어려운걸…? 긍지 높게…. 자신의 입장을 제대로 이해하고, 그 입장으로 사는 데에 부끄럽지 않게 올바로 행동하는 것이랄까? 그리고 할머니는 우리가 무사하길 기원해 주신 거야."

하지만 이노스케는 만족하지 못하고 재차 질문을 던졌다.

"그 입장이라는 게 뭔데? 부끄럽지 않다는 게 무슨 뜻이야? 할망구가 왜 우리가 무사하길 기원해?"

"그건…."

대답이 선뜻 나오지 않았다. 그건, 으음 그러니까… 뭐부터 설명하면 좋지?

탄지로는 이노스케를 이해시키는 걸 포기하고 걸음을 재촉했다.

목적지는 나타구모산.

그 불길한 이름의 산에서 무엇이 기다리는지를 세 사람은 아직 알지 못했다.

귀멸의 칼날 노벨라이즈 ~탄지로와 네즈코, 운명의 시작 편~ 끝

이 소설은 『귀멸의 칼날』(1권~4권)까지의
내용을 담았습니다.

귀멸의 칼날 노벨라이즈
~탄지로와 네즈코, 운명의 시작 편~

——————

2023년 3월 10일 초판 발행

저자 마츠다 슈카 | **원작·일러스트** 고토게 코요하루 | **옮긴이** 김시내
발행인 정동훈 | **편집인** 여영아
편집 팀장 황정아 | **편집** 노혜림
발행처 (주)학산문화사 | 서울특별시 동작구 상도로 282 학산빌딩
편집부 02.828.8838(전화), 02.816.6471(팩스) | **영업부** 02.828.8986(전화), 02.828.8890(팩스)
홈페이지 www.haksanpub.co.kr | **등록** 1995년 7월 1일 | **등록번호** 제3-632호

——————

——————

ISBN 979-11-6947-800-7 04830
ISBN 979-11-6947-799-4 (세트)

값 8,000원

라스트 엠브리오 8

타츠노코 타로 지음 | 모모코 일러스트

〈문제아 시리즈〉 완결 이후
언급되지 않았던 3년,
그 추상과 시동을 말하는 제8권!!

제2차 태양주권전쟁 제1회전이 열린 아틀란티스 대륙에서 격투를 뛰어넘은 '문제아들'. 세 명이 모인 평온한 시간은 실로 3년만…. 그동안 각자 보낸 파란의 나날. '호법십이천'에 들어온 의뢰에서 시작된 이자요이 일행과 화교와의 싸움. '노 네임'의 두령이 된 요우가 한 달 이상 행방불명된 사건. '노 네임'에서 독립한 아스카가 '계층지배자'로 임명되는데…?! 서로 마음을 열고 잠시 휴식을 취한 후, 모형정원 바깥세계를 무대로 한 제2회전이 막을 연다!

(주)학산문화사 발행

밀리언 크라운 5

타츠노코 타로 지음 | 코게차 일러스트

타츠노코 타로가 선사하는
인류 재연(再演)의 이야기, 격진의 제5막!

큐슈에서의 사투를 마치고 왕관종 중 하나인 오오야마츠미노카미를 토벌하는데 성공한 극동도시국가연합 일행들. 전후 처리를 마친 시노노메 카즈마는 '나츠키와의 데이트 약속'으로 고민하며 휴가를 쓰지만, 쉬기는커녕 연달아 예정이 생기는데?! 귀국한 적복 필두 와다 타츠지로. '최강의 유체조작형'이라 불리기도 하는 왕년의 인류최강전력(밀리언 크라운)과의 대련이 시작되고, 중화대륙연방, EU연합의 갑작스러운 방문과 시대를 뒤흔들 '신형병기' 공개. 그리고 그 끝에서 기다리는 긴장되는 데이트에서…! 여러 가지 이야기가 교차되는 가운데 파란만장한 휴가의 막이 오른다!

(주)학산문화사 발행